十歳の最強魔導師 7

天乃聖樹

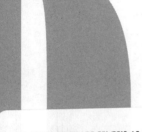

JN053247

ヒーロー文庫

十歳の
最強魔導師
7
illustration：フカヒレ

CONTENTS

イラスト／フカヒレ
装丁・本文デザイン／5GAS DESIGN STUDIO
校正／佐久間恵（東京出版サービスセンター）
DTP／松田修尚（主婦の友社）

この物語は、小説投稿サイト「小説家になろう」で発表された同名作品に、書籍化にあたって大幅に加筆修正を加えたフィクションです。実在の人物・団体等とは関係ありません。

プロローグ

かつて、黒雨《こくう》の魔女がまだ人間だった頃。

二千年前の大空は、今と変わらず蒼《あお》かった。強欲な国々の追っ手から逃れて魔女が潜り込んだ城郭都市には、華やかな街並みが広がっている。隷属戦争が起きる直前の世界は豊かに熟し、迫り来る刈り入れの刻を待ち設けているかのようだった。

決死の逃避行だというのに、魔女の隣を歩くヨハンナの足取りは軽い。大通りに軒を連ねた店を眺め、浮き浮きと話す。

「立派な街ね。こんなに人の多いところって初めてだから、とっても新鮮だわ」

「呑気《のんき》な奴じゃの……。そなたは状況が本当に分かっておるのか？　わらわたちは軍隊に狙われておるのだぞ」

魔女は呆《あき》れ気味の吐息をつく。

「分かってるわ。でも、だからこそ、精一杯楽しまないと心が倒れてしまうわ。お母さんも言っていたもの、『長い冬ほど明るく過ごせ』って」

「そなたの能天気は母親譲りか」

「それに、こういう旅も素敵じゃない？　なんだか、二人で駆け落ちしてるみたいで」

「駆け落ちでは……ないじゃろ」

「あ、顔が赤くなった。照れた？　照れちゃったの？」

ヨハンナが魔女のほっぺたをつついてくる。

「いい加減にせぬと怒るぞ」

「構わないわ。あなたが怒っても全然怖くないもの」

災禍《さいか》の魔女にそんなことが言えるのは、世界広しといえどヨハンナくらいだ。魔女はそっぽを向きながらも、頬の熱が不愉快でないのを自覚する。自分を怖がらない存在がそばにいてくれるだけで、これまでと同じ逃避行でもまったく違う。我関せずと繁栄する世を恨む気持ちが、まるで遠い昔のことのようだ。

大通りから外れた先に、高い柵に囲まれた建物があった。柵の内側、広々とした敷地では、子供たちが笑いながら駆け回っている。魔女やヨハンナと同年代の少女たちの姿もあり、石造りの椅子に腰掛けて熱心に語り合っている。

「子供がいっぱい……なにかしら？　お祭りでもやっているのかしら？」

「ただの学校じゃ。小うるさい童共《わっぱ》がわんさかおるのう」

「学校！　これが学校なのね！　絵の描き方とか、昔のこととか、大陸中の国のこととか、いろいろ教えてくれるのよね！　都会はすごいわ……」

ヨハンナは目を輝かせて柵の中を覗《のぞ》き込んだ。

魔女もヨハンナの隣で学校の平和な光景を眺める。柵に守られている生徒たちは、きっと苦痛を知らない。悲劇も知らず、世に溢《あふ》れる不条理の存在に気づくことさえないまま、伸び伸びと生きている。腹立たしいことだけれど、羨ましくないと言ったら嘘になる。

「いつか二人で学校に通いたいわ」

「さすがに無理じゃろう。こういうのは金としっかりした身元が要るし、そもそも一箇所に留まっておくのは危険すぎる」

「無理じゃないわ。二人で通ったら、絶対に楽しいわ。一緒に勉強して、一緒にごはんを食べて、一緒に遊んで、一緒に帰るの。素敵だと思わない？」

「まあ……な」

想像するだけで、魔女は心が騒ぐのを感じた。夢みたいな戯《ざ》れ言《ごと》だと分かってはいても、夢見ることを抑えられない。

「わたし、あなたにたくさん友達ができるところを見たいの。あなたっていつも寂しそうだから。多分、わたしだけじゃ足りないから」

「わらわは寂しがったりなどせぬ。ずっと一人で逃げてきた。これからも一人で逃げられる」

「嘘。あなたは一人じゃ生きられない人だわ」

「生きられる。たとえ死のうと、それはそれでよい」

魔女は嘯《うそぶ》いた。いや、ヨハンナに出逢う前は、確かにいつ死んでもいいと思っていた。自分の生に価値を感じることはできなかった。なのに、今はヨハンナの声を聴いているだけで、生きることに心地よさを覚える。

けれど、いつまでも彼女の厚意に甘えてはいられない。その愛らしい声が失われることなどあってはならない。魔女は大きく息を吸って、ヨハンナの瞳を見据えた。

「……ヨハンナ。やはりそなたは、自分の村に戻れ。この先、わらわに未来はない。安住の地もない。ついてきても、損をするだけじゃ」

「もしかして、わたしのこと心配してくれてる？」

ヨハンナは嬉しそうに訊いた。魔女は唇を噛《か》んで黙り込む。素直に自分の感情を告げるのは抵抗があった。

ぎこちなくうつむく魔女を、ヨハンナが抱き締める。そのやわらかくて優しい感触に、魔女は自分が弱くなるのを感じる。突き飛ばして拒めない。彼女からは逃げられない。

「わたしは、絶対あなたを置いていったりしない。必ずあなたを幸せにするわ」

ヨハンナは力強く約束した。

第二十九章　『黒猫』

国境地帯の紛争を解決して魔法学校に戻ったフェリス、アリシア、ジャネット、テテルの四人は、ロッテ先生から教員室に呼び出された。

「みんな、お疲れ様。ミランダちゃんからいろいろ報告もらってるよ。ナヴィラの里では頑張ったみたいだねー」

先生に褒められ、フェリスは元気にうなずく。

「はいっ、頑張りました！　カサグミも食べましたし、リンゴイモも食べましたし、香草焼きも食べましたし、ナヴィラのパンも食べました！　とっても美味しかったです！」

食べ物の話ばかりである。ロッテ先生がミランダ隊長から聞いているのは、ナヴィラ族とガデル族の争いの件なのだが、フェリスにとっては現地の名物料理をご馳走してもらったことの方が一大事なのだろう。相変わらずこの子はすごいのかすごくないのか分からないとロッテ先生は思う。

「うんうん、よかったねえ。みんなのおかげでプロクス王国との全面戦争も避けられたし、学校の課外活動扱いってことで出席日数は大目に見るよう、魔術師団長からも校長先生からも言われてるんだけど、ただ……ね？」

「ただ……なんですの？」

嫌な予感にジャネットは身じろぎした。一方テテルは話を聞く集中力が切れて近くのイライザ先生にちょっかいを出しに行ってぶん投げられていた。生徒をぶん投げる教師も容赦がないが、テテルは完全に回復しているのでダメージ皆無である。

ロッテ先生がフェリスたちをゆっくりと見回す。

「みんな、ナヴィラの里に行っているあいだ、まったく授業に出てないでしょ。だから、外出中の学習範囲について来られてるかどうか、テストしなきゃいけないの」

「て、てすと……!?」

フェリスが跳び上がる。魔法学校に入ったばかりのときのことといい、テストに良い思い出はない。基本的に自信のないフェリスにとって、自分の力を測られるというのは恐ろしいことなのだ。

「テストやだー！　あたし・しぜん・かえる！」

「早まらないでテテルさん！」

二階の窓から飛び出そうとするテテルをアリシアが抱きすくめる。

「ふがーっ！　おまえ・にんげん・じゃま！」

「もう半分くらい自然に還りかけていますわ！」

「しっかりして。テテルさんは魔法学校の生徒なのよ。覚えてる？」

テテルは虚《うつ》ろな瞳で聞き返す。

「まほう……がっこう……？　とくべつな食べ物……？」

「覚えている様子がありませんわ！」

「よっぽどテストが嫌なのね……」

テテルのタフさは知っているアリシアだが、また叡智の樹の調子が悪くなっていたら大変なので、あまり無茶はさせたくない。

「あ、あの……テストに合格できなかったら、どうなるんですか……？　退学ですか……？」

フェリスはびくつきながらロッテ先生に訊いた。

「んー、退学にはならないけど、追試にはなるかなー」

「ついし……つまりしょけいされるってことですか!?」

「違うよ！　もう一回テストを受けなきゃいけなくなるんだよ！」

「ついしも合格しなかったら……？」

「もう一回テストだねー」

「それも合格できなかったら……？」

「もう一回テスト！」

ロッテ先生は朗らかに親指を突き上げる。

「わたし、死ぬまでずっとテストなんですか……？」

フェリスはかたかたと震えた。

「なんですの、その地獄は……」

つぶやくジャネット。処刑の方がまだ恩情に満ちている。

ラインツリッヒ家の威光を示す機会だし、決してテストは嫌いではないが、ライバルであるアリシアとの熾烈《しれつ》な争いには精神を削られるから長期戦は避けたい。なお、熾烈な争い（とジャネットが一方的に思っている）は今のところアリシアの連戦連勝だ。

アリシアは余裕の笑みを浮かべる。

「大丈夫。ちゃんと勉強をしてから受ければ、追試にはならないわ」

「でも困ったことに、あたしは勉強する予定がないんだよね……どうしよう？」

「勉強なさいまし！　今日から毎日徹夜ですわ！」

首を傾げるテテルに、意欲に燃えるジャネット。

だが、ロッテ先生は両手を合わせて告げる。

「あ、今回はみんなの学習状況を確かめる実力テストみたいなものだから、前もって勉強はしなくていいよ。というか、テストは今からやるよ」

「え」

凍りつく少女たち。

「わ、わたくし……寮に筆記用具を忘れてきたので、一度帰りますわ……」

「あたしは脳みそを忘れてきたから……世界中を探してこよっかな……」

思わず、廊下の方へ後じさる。

「ふっふっふ〜、逃がさないよー、みんな。きっちり実力見せてもらうからね？」

ロッテ先生は教員室の出口に回り込み、にこーっと笑った。

かくして、空き教室に監禁されたフェリスたち四人。もとい、閉じ込められてテストを受けさせられるフェリスたち四人である。

広々とした空間に四人の机が分散して配置され、お互いの答案は見られないようになっている。ロッテ先生はおしゃれな魔法のホウキに横向きで腰掛け、ゆっくりと教室を巡回している。一見のんびり本を読んでいるようだが、その眼差しに隙はない。

ジャネットは普段から早めに授業の範囲を予習しているものの、国境地帯に出かけていた期間が結構長かった。答えに詰まってしまい、綺麗な爪を噛《か》む。ライバルの調子はどうだろうかと、アリシアの方を見やる。

アリシアは凜《りん》と背を伸ばして椅子に座り、落ち着いて問題を解いていた。紙の上を走る鉛筆の音はなめらかで、少しも立ち止まることがない。

——やっぱりアリシアは順調みたいですわね……。

ジャネットは焦りを覚えた。どんなときも平然としているのがアリシア。あのライバルが動転しているところなんて、今までほとんど目にしたことがない。悔しい。

——フェリスもすごく頭がいいから余裕のはず……。

ジャネットが視線をやると……フェリスは机に覆い被さって泣いていた。

「えぐっ……えぐっ……ぜんぜん分かんないです……」

フェリスー!! とジャネットは心の中で叫んだ。フェリスの伸ばした手からは、鉛筆が床へと転がり落ちてしまっている。小っちゃな口が答案用紙をはぐはぐとかじっている。

ジャネットさあん……とでも言いたげな顔で、フェリスが目を潤ませて見てくる。助けてあげたい、なんとか手を貸してあげたいジャネットだけれど、そんなことをしたら合格以前に失格になってしまう。まずもってジャネットにも答えが分からない。

残る受験者——四人の中である意味一番心配な子——の様子をジャネットが恐る恐る確かめると。テテルは答案用紙で見事な煌々鳥《こうこうどり》の紙細工を折って窓の向こうに飛ばしていた。晴れやかな笑顔だった。

——論外でしたわー!!

点数の悪かった答案用紙で煌々鳥の紙細工を作って投げるのは、ファーストクラスの生徒たちのあいだでよく行われることだとはいえ、やるのが早すぎる。まだ採点どころか解答さえしていない。最初から諦めきっている。

「ジャネットちゃーん？　なにきょろきょろしてるのかなー？」

「な、なんでもありませんわっ！」

ロッテ先生から穏やかにたしなめられ、ジャネットは慌てて答案用紙に向き直った。


三日後。

「どうして……こんなことに……なったんですの……？」

魔法学校の図書館でジャネットはすすり泣いていた。

机に山と積まれているのは、魔術史学や魔法薬学や博物学など、教本の数々。外出中に進んでしまったカリキュラムを教本で読み込み、クラスメイトから借りた板書ノートを書き写し、必死に知識を頭に叩《たた》き込む。

その隣で、アリシアは優雅に詩集を楽しんでいる。

「これ以上授業に遅れたら大変だし、今のうちに取り戻しておいた方が、後が楽よ。頑張って」

「なんですの、その高みの見物は!?　おかしいですわ、アリシアだけテストに合格するなんて！　あなたも一緒にラドル山脈に来ていましたわよね!?　あれは影武者でしたの!?」

「えっ、アリシアって影武者いるの!?　会いたい会いたいっ！」

「わたしも会いたいですーっ！」

机に身を乗り出すテテルとフェリス。

「気軽に会えたら影武者の意味がありませんわ！」

アリシアは穏やかに微笑《ほほえ》む。

「影武者なんていないわ。旅行中もきちんと勉強をしていただけよ」

「紛争中に!?　あなたおかしいですわ！」

「勉強は毎日の積み重ねが大切なのよ」

「さすがアリシアさんです！　わたしも見倣《みなら》いたいですっ！」

「見倣っちゃダメですわ！」

アリシアがマイペースな少女だということはジャネットも知っていたが、それにしてもマイペースすぎる。あの騒動の中で日課を守れるのは鋼の心である。

「ま、まあ、いいですわ。追試を受けるのはフェリスもハバラスカさんもお揃《そろ》いですもの。アリシアは勉強する必要もないのですから、先に帰って構いませんわよ？」

「わ、わたしも勉強終わっちゃったんですけど、帰らなきゃダメですか？」

フェリスから悲しそうな目で見上げられ、ジャネットは耳を疑った。

「ちょ、ちょっと、いくらなんでも早すぎますわ！　まだ始めてから二時間も経《た》っていませんわよ!?」

「え、えと、でも、もう授業範囲、全部暗記しちゃって……」

「そう、でしたわ……フェリスは……」

とてつもない記憶能力の持ち主なのだ、と思い出すジャネット。相互に多少の誤解があった（というかジャネットが一方的にフェリスに突っかかっていた）編入当初も、フェリスは恐るべき速度でミドルクラスの授業に追いついてしまったのだ。

ジャネットはがっくりと机にうずくまる。

「そんな……わたくしだけ落ちこぼれだなんて……」

「だいじょーぶ！　あたしも落ちこぼれだから！　落第仲間だね！」

テテルがジャネットの肩に腕を回す。

「仲間じゃありませんわ！」

「えっ、違うの⁉　敵なの⁉」

「敵でもないですけれど！」

「仲間でも敵でもない……つまり赤の他人⁉　あたしのことなんてどうでもいいの⁉　ひどいよジャネット、あんなにみんなで頑張って探求者たちと戦ったのにー！」

「ああもうっ、仲間でいいですわ！　泣く子も黙る落第仲間ですわー！」

ジャネットは破れかぶれで叫んだ。決してテテルのことが嫌いなわけではないが、テスト中に答案用紙細工を折っていた子と同列に語られるのは微妙な気持ちになる。

アリシアがジャネットの肩に優しく手を置いた。

「終わるまで私も付き合ってあげるから。分からないことがあったら遠慮なく言って」

「わ、わたしもおーえんしますっ！　がんばれがんばれジャネットさんっ！」

「うぅぅ……」

フェリスの応援が嬉しい気持ちと、アリシアに応援されることへの悔しい気持ちの板挟みになり、ジャネットは唇を嚙《か》み締める。

「あたしも応援したげるよ！　ジャネット頑張って！」

テテルがげんこつを握り締める。

「ハバラスカさんは応援される側ですわよね⁉」

「いやー、あたしのことは応援しても無駄だよー。もう手遅れだよー」

「諦めたら負けですわー！」

ジャネットは説得に努めるが、テテルは呑気《のんき》に笑っている。戦闘能力は高いとはいえ魔術も座学も壊滅的なテテルがどうやって魔法学校への入学を認められたのか、ジャネットにはさっぱり分からない。いまだに謎の多い少女である。

そのとき、一匹の黒猫が机に飛び乗った。漆黒の闇のような艶のある毛皮に、真っ黒な瞳が印象的。独特な雰囲気を漂わせた猫だ。

「わっ！　にゃーです！」

「こんなところに猫……？　どこから入ってきたのかしら？」

「やったー！　今日は猫シチューだよ！」

「シチューにするのはダメですわ！」

色めき立つ少女たち。学校という真面目な空間に動物が紛れ込んでくるのはテンションが上がってしまう。ジャネットは黒猫を抱き上げたい衝動を堪える。ラインツリッヒたるもの、猫の可愛さに我を忘れてしまうなんてことがあってはならない。

黒猫はフェリスのえんぴつをくわえ、机から飛び降りて逃げ出した。

「にゃーさん!?　持ってかないでくださーいっ！」

フェリスが黒猫を追いかけようと駆け出した直後、近くの本棚がぐらりと揺れた。机に叩《たた》きつけ、騒々しい音を響かせる。

「きゃ――――――!?」

身をこわばらせるジャネット。すぐ隣ではフェリスの筆箱が本棚の下敷きにされ、ぺしゃんこになっている。席に座ったままだったらフェリスがぺしゃんこになっていたのではと考えると、生きた心地がしない。

「ふ、ふえ……」

びっくりしたのは同じだったらしく、フェリスは目を大きく見開いて震える。

「大丈夫、フェリス？　怪我《けが》はない？」

「は、はい……。でも筆箱が……」

怯《おび》えるフェリスをアリシアは腕の中に抱き寄せた。

結局、フェリスは黒猫からえんぴつを取り返せず、しょんぼりして女子寮に帰ることになった。アリシアは『また買えばいいわよ』と慰めてくれたが、フェリスとしてはせっかく編入前にアリシアから買ってもらったえんぴつをなくしたのがショックだし、申し訳ない。

それだけで済めば、野良犬に噛《か》まれたようなもの、災難だったね、で終わったのだけれど。なぜかその後も、黒猫はフェリスの周りをうろちょろして悪戯《いたずら》を仕掛けるようになったのだった。

女子寮の自室。

「えへへ……今日のおやつです……とっておきです……」

アリシアより先に帰ったフェリスはわくわくしながら、ベッドの下から備蓄のパンを取り出す。学生食堂のランチや寮の夕飯で残したパンを少しずつ貯めた食糧だ。

一日に一欠片《ひとかけら》のパンをもらえるかどうかさえ危うかった魔石鉱山時代に比べたら、今の暮らしは充分すぎるほど食糧をもらえる。いざというときのために備える余裕もある。まさに天国だ。

だが、フェリスが二週間前のパンをかじろうとすると、急に横から黒猫が現れた。

「みゃー!!」

目にも留まらぬ速度でパンに飛びつき、かっさらっていく。

「ああっ！　わたしのパンがーっ！　大事に取っておいたパンがーっ！」

黒猫が廊下へ飛び出し、フェリスは必死に追いかける。食うか食われるか、弱肉強食の野性の争いである。負ければ飢えると焦るフェリスだが、その前方にアリシアが立ち塞がる。

「フェリス……？　食べ残しをこっそり取っておくのは駄目だって、教えたでしょう……？」

笑顔なのに、笑っていない。凄まじい迫力だ。

「あわわわわ……！　で、でも、もったいなくてっ！　またいつ食べられるか分かりませんしっ！」

「いつでも食べられるわ！　かびたパンを食べたら体によくないでしょう!?」

「ごめんなさぁぁい……」

珍しく厳しい態度でアリシアから言い聞かせられ、フェリスは縮こまる。黒猫を捕まえるどころではない。

アリシアはちょっと可哀想な気もするが、これは教育なのだから仕方ない。鉱山奴隷だった頃の感覚が抜けていないフェリスを放っておいたら、すぐ病気になって倒れてしまいそうで危なっかしいのだ。

アリシアは念のため尋問しておく。

「他にはなにも貯め込んでないわよね？」

「え、えと……いっぱい貯め込んでます……」

素直すぎて即座に自白するフェリス。

「どこかしら？」

「あう……こっちです……」

しおしおとうなだれ、自室のベッドにアリシアを案内する。ベッドの下からフェリスが引っ張り出した木箱の中には、食べ物がたくさん詰め込まれていた。パンにクッキー、干し肉などはまだいいとして、プリンやハンバーグまで保存されていることにアリシアはぞくりとする。

「この……ミミズみたいなのはなにかしら？」

「すぱげちーです！」

完全に干からびている。

「この油紙に包んである茶色いものは……？」

「苺ジャムです！」

ジャムだった頃の面影はない。

「この真っ黒なボールは……？」

「道で拾ったよく分からない食べ物です！」

食べ物かどうかさえ定かではなかった。どちらかというと岩石の類《たぐい》に見えた。アリシアは木箱を持って静かに立ち上がる。

「……全部捨てましょう」

「ふえええええ!?　まだ腐ってませんようっ！」

「どう見ても腐ってるわ！」

「腐ってても食べられますようっ！」

「食べられないわ！」

「捨てないでくださぁい……お願いします……捨てないでぇ……」

無我夢中ですがりついてくるフェリス。なんだかフェリスを捨てないでと言われているようで胸が痛くなるが、アリシアは心を鬼にして廃棄を断行する。

これもフェリスのため、無用な哀れみは禁物だ。二度と食糧を備蓄できないよう、ベッドの下は目張りしておかねばならぬと固く決意した。

翌朝、朝食と身支度を済ませたフェリス、アリシア、ジャネット、テテルは、女子寮のロビーで合流した。

仲良し四人組は寮から学校まで毎日一緒に行くのが習慣。当初は偶然出会ったようなフリをしていたジャネットも、最近では普通に待っている。フェリスの部屋に迎えに来ることさえある。恥ずかしがり屋のジャネットにしては随分な成長だ。

今日も四人の少女たちが女子寮を出発しようとしていると。

「ひゃあああああっ!?」

玄関を出た途端、フェリスは地面に置いてあった物につまずいて派手に転んだ。

「ううう……痛いですぅ……」

涙目でフェリスが見やると、その物体はフェリスの傘。ちゃんと自室にしまっておいたはずなのに、いつの間にか持ち出されてトラップよろしく置いてある。傘のすぐそばでは、例の黒猫がバカにしたような顔でフェリスを眺めていた。

「またあの猫！　何度も何度もフェリスをいじめて！　もう許しませんわーっ！」

激怒したジャネットが杖を構え、言霊を唱える。放たれた風魔術が周囲から木の葉や草を巻き上げ、掻《か》き集め、緑の渦がからみつくようにして猫に襲いかかる。怒っていても怪《け》我《が》をさせないよう細心の注意を払っているのが猫好きのジャネットである。竜巻が猫を地面からすくい上げ、草葉の奔流で包み込む。

「確保！　ですわ!!」

ジャネットが意気揚々と言い放つ。

「まったく……騒がしいのう」

気だるげな声が聞こえ、猫の周りに魔法陣が展開された。魔法陣から生まれた漆黒の旋風が草の奔流を弾き飛ばし、輝く黒の粒子が猫の体から爆発する。もうもうと舞い散る粉《ふん》塵《じん》の中から、猫の代わりに少女が現れる。

「猫の悪戯《いたずら》ごときに本気になるとは、童《わっぱ》は困ったものじゃな」

それは、かの大災厄を巻き起こした咎人《とがびと》――黒雨の魔女。闇の滴るような微笑をたたえ、悠然と宙に浮かんでいる。一瞬にして周囲の空気が凍り、上空の暗雲から稲妻が走る。

「きゃ――――!?　出ましたわ――――!?　フェ、フェフェフェフェリスだけは絶対に守り抜きますわよ――――っ!!」

ジャネットはフェリスの前に立ち塞がって果敢に両腕を広げ、かつ恐怖に縮こまってうずくまる。

「めちゃくちゃね……」

「勇敢なのか臆病なのかはっきりせよ」

アリシアと黒雨の魔女が呆《あき》れた。フェリスは怖がるどころか大喜びする。

「魔女さん！　遊びに来てくれたんですね！」

「ふん、そんなわけがあるか。そなたらがくだらぬ祭りをしようとしているから、ちと冷やかしに来ただけじゃ」

「おまつり、ですか……？」

「ヴァルプルギスの夜のことかな？」

テテルは興味津々で魔女のほっぺたをつつこうとして手をはたかれる。

「あれは古の魔女たちの大祭。かつては死者の魂を迎え、月の満ち欠けすらも操った偉大なる儀式の日であったのに、成れの果てが学校のお遊戯会とは情けない。せいぜいバカにしてやろうとな」

「ふえぇ……バカでごめんなさい……」

なぜか謝るフェリス。

「大丈夫、フェリスはおばかさんじゃないわ」

「あたしの方がバカだしね！　自信持って！」

アリシアとテテルがフェリスの頭をよしよしと撫《な》でる。なぜ撫でられるのかフェリスはよく分からないが心地良いので身を任せている。

「ダウトですわ――――!!」

ジャネットがびしっと黒雨の魔女を指差した。

「ダウト……？　なんのことじゃ」

「冷やかしとか言ってますけれど、違いますわ！　ええ、全然違いますわ！　これまでのあなたの行動、すべて合点がいきましたの！　フェリスのえんぴつを盗んだのは、倒れてくる本棚から守るため！　食べ残しのパンを盗んだのは、フェリスが体を壊さないよう守るため！　傘を置いたのは、雨でフェリスが濡《ぬ》れないようにするため！　つまりあなたは、フェリスとお近づきになりたくて、でも今さら恥ずかしいから話しかけられなくて、こっそり助けていただけなのですわー!!」

「なっ……」

赤面する黒雨の魔女。アリシアが感心する。

「さすがジャネット、仲間の気持ちは分かるのね」

「仲間ってなんですの!?　黒雨の魔女は敵ですわ！」

「同類って言った方がいいかしら」

「同類でもございませんわ！」

ジャネットは地団駄を踏む。フェリスは黒雨の魔女に飛びついた。

「うれしーですっ!!　やっとお友達になってくれるんですね!!」

黒雨の魔女は口ごもる。

「お、おともだちになど……なるものか！　ただ、その……しばらくそなたに付き合ってもよいかと思ったのじゃ。時間だけはいくらでもあるからな！」

「付き合う⁉　やっぱり黒雨の魔女は敵ですわ！　最終戦争の始まりですわー！」

「ええい、やかましい！　そっちの赤毛はさっきからなんなのじゃ！」

「気にしないで、悪い子じゃないから」

がるるるっと威嚇するジャネットを、アリシアは笑顔で取り押さえる。ついでにテテルにまで羽交い締めにされたら、肉体派ではないジャネットは身動きも取れない。最終戦争は無事回避される。

　フェリスは懐っこく尋ねる。

「黒雨の魔女さんは、今どこに泊まってるんですか？」

「うむ……そうじゃな。墓場とか……墓場とか……墓場とかじゃな」

「うんうん、分かる！　野宿って楽しいよね！」

「墓場に野宿はどうなのかしら……」

テテルは朗らかにうなずくが、アリシアは身震いする。

「寒くないんですか？」

「霊体と肉体の中間みたいな存在じゃからな、どうとでもなる」

「でもでもっ、お墓は寂しいです！　寮に泊まっていってください！」

「大騒ぎになりますわ！」

「にゃーさんの格好ならだいじょぶですよぅ！　アリシアさんとわたしのお部屋に来てほ

しいですっ！　お願いしますっ！」

フェリスはぺこりと頭を下げる。

「この恐ろしい魔女に寝顔を見せるんですの!?　しかも寝息を聞かせたり、夜遅くまでおしゃべりしたり、一緒におやつを食べたりするんですの!?　大変ですわ！」

「ジャネットはなにを心配してるの？」

テテルは首を傾げた。

「だめですか……？　ぜったい、楽しいと思うんですけど……魔女さんのこと、もっとよく知りたいんですけど……」

フェリスから涙目で見上げられ、黒雨の魔女は顔をそらす。アリシアの知る限り、このおねだりに五分持ちこたえられた人間はいない。その破壊力は伝説の存在にも通用するらしく、魔女はぎこちなく咳払いする。

「ま、まあ、いいじゃろう。……ちょっとだけだからな？」

「はいっ！　ありがとございますーっ！」

フェリスは黒雨の魔女に抱きついた。

アリシアとフェリスの部屋を、魔法のカンテラの灯が優しく照らしている。

夕食や入浴を終えた、夜の穏やかな団欒《だんらん》の時間。アリシアが本のページをめくる音を後ろに聞きながら、フェリスは机に向かっていた。

机の上に積まれているのは、巨大な紙束。可愛らしい便箋《びんせん》の割にその重量感は凄まじい。滲《にじ》み出す情念のオーラも凄まじい。もはや太古の禁呪が封印された魔導書の類《たぐい》である。

フェリスは便箋に書かれている文を見つめては、うーんうーんと思案に暮れ、新しい便箋に文字を綴っていく。

「一生懸命、なにをしておるのじゃ？」

黒猫に姿を変えた黒雨の魔女が、机に飛び乗ってフェリスの手元を覗《のぞ》き込んだ。

「ジャネットさんからもらったお手紙に、お返事を書いてるんです。これで三十八枚目です！」

「三十八枚は多すぎじゃろう」

「ジャネットさんからは五百枚もらいましたから！　何千年かかっても同じくらい書きます！」

手紙の返信がライフワークの領域に達していた。

「あの娘、大丈夫か？　危ない人間なのではないか？」

危険の権化たる災禍《さいか》の魔女から心配されている。アリシアが読書中の本から顔を上げて笑う。

「危ない子じゃないわ。少し情熱的なだけよ」

「少し、か……。あやつも情熱的ではあったが、そこまで迷惑なことはせなんだ」

「それって、ヨハンナさんのことですかっ？」

フェリスは身を乗り出した。魔女の大切な人、ヨハンナについて、知っていることはあまりない。夢や幻で覗いた魔女の記憶はごく一部だ。興味を感じるフェリスだが、黒雨の魔女は多くを語ろうとはせず、机から飛び降りる。

「付き合っておれんな。わらわはそろそろ寝る」

「あっ、待ってください！　特製のベッドを準備したんです！」

フェリスは椅子から滑り降り、本棚の横に置いていた木箱を持ってくる。中にはやわらかい布切れが敷き詰められ、おやつの干し肉も入っている。

「猫の寝床ではないか！　わらわをバカにしておるのか！」

「してませんようっ！　ほ、ほらほらっ、ネズミの玩具《おもちゃ》もあるんです！　木の枝と紐《ひも》で作りました！」

フェリスが紐を引っ張ると、先端に結ばれたネズミがちょろちょろと床を走る。

「完全にバカにしておる。これは世を忍ぶ仮の姿ということを忘れるな。わらわは決して猫ではないのじゃ」

黒雨の魔女は憤慨しながら、クローゼットに潜り込んだ。洋服のあいだに体を収めると、丸まって満足げな吐息を漏らす。

「えと……そこでいいんですか？」

「長いこと封印されていたせいで、密閉空間が落ち着くのじゃ」

黒猫の体から瘴気《しょうき》が幾筋も尻尾の形になって伸び、クローゼットの扉を閉める。すぐに中から上品な寝息が聞こえてくる。

「クローゼットで寝るのも猫らしいと思うのだけれど……」

アリシアは釈然としない気持ちだった。


女子寮の庭園は、今日も美しい花の数々に彩られている。丁寧に整えられた低木の茂みからは、むせかえるほどに甘い花の香りと、微《かす》かに苦い青草の香りが漂ってくる。その茂みのあいだをかいくぐるようにして、フェリスが猫モードの黒雨の魔女について回る。

「魔女さん、魔女さん！　ちょっとだけ！　ちょっとだけでいいですから、お願いしますっ！」

「嫌と言ったら嫌じゃ！　しつこいぞ！」

黒猫はぷいっと鼻を背け、相手にもしない。

「わたし、にゃーさんが大好きなんです！　にゃーさんの頭なでなでしたいんです！　お願いします！」

「わらわは猫ではないわ！　誇り高き黒雨の魔女じゃ！　たとえ相手が女王であろうと、そう簡単に頭を撫《な》でさせたりはせぬ！」

「わたしの頭も撫でていいですから！」

フェリスは頭を差し出す。

「要らぬ！」

「森で拾った大事な食糧《どんぐり》もあげますから！　おいしーですよ！」

「もっと要らぬわーっ!!」

抱き締めようとするフェリスに、黒猫はフシャーッと威嚇し、その鋭い爪でバリバリと引っ掻《か》く。フェリスは縮こまって頭を守った。ぷるぷると震えながら、黒猫を見やる。

「わ、わたしのこと、嫌いなんですか……？」

「わらわとそなたは少し前まで血で血を洗う戦いをしておったのだぞ!?　そなたには警戒心というものはないのか！」

フェリスは目をぱちくりさせた。

「けいかいしん……？　多分あります！　だから撫でさせてください！」

「ないじゃろ！　乙女がそう簡単に肌を許してなるものか！」

一歩も引かぬ大魔女に、同じく一歩も引かぬフェリス。そんな不毛すぎる争いを傍観しているのがジャネットとアリシア、そしてテテルである。

「フェリスって、ホントに猫が好きだねー。ナヴィラの猫にも仲良く食べられてたし！」

「仲良く食べられるってなんですの!?」

「あれは猫じゃなかったわ。決して」

そこだけは間違えてはいけないとアリシアは思う。例の『虎猫』とやらにフェリスが好かれていたのは確かなのだが。

ジャネットは唇に指を添え、羨ましそうにつぶやく。

「わたくしなら、いくらでも頭を撫《な》でさせてさしあげますのに……」

アリシアがおかしそうに笑う。

「あら、ジャネットはフェリスに甘えたいのかしら？」

「そ、そういうわけじゃありませんわっ！　ただ、フェリスのしたいことならなんでもさせてあげたいだけですわ！　撫でてほしいとか……べつに……」

口ごもるジャネット。ほっぺたは赤く染まっている。

「そんなに撫でられたいのなら、私が撫でてあげるわ」

「要りませんわ!!」

アリシアに頭を撫でられそうになって、ジャネットは素早く身をかわした。アリシアの膝枕でなでなでされるのは嫌いではないのだが、しかしながら好きとも認めたくない、矛盾に満ちた心境。こっちもこっちで戦争だ。

テテルがフェリスに手を振る。

「ねえねえっ、フェリス！　ジャネットが代わりに撫でさせてあげてもいいって！」

「ちょっと、ハバラスカさん!?」

ジャネットは跳び上がった。

「ありがとございますっ！　お願いしますっ！」

「うう……」

撤回しようにも、駆け寄ってきたフェリスに期待の眼差しで見上げられたら、ジャネットが拒めるはずもない。むしろ拒みたくもない。

「フェ、フェリスは……撫でられればなんでも構いませんの……？」

「なんでもはよくないです！　ジャネットさんの髪、さらさらですっごく綺麗だから、触ってみたかったんです！」

フェリスは無邪気に笑う。

「ま、まあ、お手入れは欠かしませんから？　綺麗だというのは認めますけれど！」

「えへへー」

「好きにしてくださいまし……」

ジャネットは頬を燃やしながら、フェリスの足元にしゃがみ込んだ。フェリスはジャネットに歩み寄り、その頭を撫でる。

「よしよーし」

ジャネットの耳元でそよぐ、愛くるしい声。どこまでも優しい手つき。甘いミルクの匂いが、ジャネットの鼻腔をくすぐる。

「なん……ですの、この心地よさは……」

フェリスにくっつかれていたら緊張するはずなのに、たちまち体のこわばりがほぐれていく。頭の奥をやんわりと溶かされていく。まるで女神のような包容力に癒され、意識が曖昧になっていく。もう永遠に撫《な》でられていたい、他になにもしたくない、人であることすらやめたいとまで感じてしまう。

「これはいけませんわ――――っ!!」

「ひゃっ!?」

ジャネットはフェリスの手の中から逃げ出した。

「ど、どしたんですか、ジャネットさん？」

きょとんとするフェリス。

「危なかったですわ……もう少しでダメ人間になるところでしたわ……恐るべしフェリスですわ……」

ぜえはあと息を切らすジャネット。また捕まってしまわないよう、というより自ら舞い戻ってしまわないよう、後じさってフェリスから距離を置く。ラインツリッヒの息女たる

もの、断じて己を見失ってはならないのだ。ちなみに己を見失うことに関しては魔法学校一の実力を誇るジャネットである。

撫《な》でたい欲求が満たされなかったフェリスは、しょんぼりして黒猫に近づく。

「あのっ、魔女さん……」

黒猫は毛を逆立てる。

「わらわは嫌じゃ！　そんなに撫でたいなら適当に道の石でも撫でておけ！」

「分かりました！」

「フェリスはそれでいいの!?」

驚くテテルだが、フェリスは素直に道端の石を撫でてみる。石ころに向かって『よしよーし』などと言っている。胸に抱いて『たいへんだったですねー』などとねぎらっている。

「なぜか……切ない気持ちになってきましたわ……」

「奇遇ね……私もよ……」

ジャネットとアリシアは身じろぎした。石ころに救いを求めるほど追い詰められたフェリスのことが哀しかった。フェリスは立ち上がって頭を振る。

「あんまり楽しくないです……やらかいのがいいです……」

「シュークリームでも撫でておれ！」

「シュークリームは食べるのが好きです！　甘くてふわふわで、おいしーですー」

「知らぬわ！　羊を飼え！」

「魔女さあんっ！」

「いーやーじゃーー！」

フェリスが黒猫に引っ掻《か》かれながらも一生懸命アプローチしていると、校舎の方からロッテ先生がやって来た。

「ふゃっ!?」「先生ですわ!!」

跳び上がる少女たち。フェリスは反射的に黒猫を抱きすくめる。ロッテ先生は近くに歩いてくると、不思議そうに首を傾げた。

「あれ？　なんか他にも声がしてたんだけど、フェリスちゃんたち四人だけ？」

「そ、そうですわ！」

黒雨の魔女が魔法学校の敷地に隠れているなんて、知られるわけにはいかない。大騒ぎになって魔術師団が王都から進軍してきてしまう。そうなれば隷属戦争の再来だ。

「聞き覚えのある声だったんだよねー。あと、魔女とかなんとか言ってたような……？」

「ちちちち違いますわ！　ねっ、ハバラスカさん!?」

「うん！　黒雨の魔女なんていないよ！」

うなずくテテル。

「黒雨の魔女……？」

ロッテ先生が怪訝《けげん》な顔をし、アリシアは肝を冷やす。

「なんでもありません。ちょっと魔女の話をしていただけです」

「ふーん……？」

ロッテ先生はフェリスの腕の中の黒猫に目を留めた。

「お、可愛い猫だねー。野良猫？」

「え、えと……」

フェリスは言葉に詰まる。正直すぎるフェリスに任せておいたら、あっという間に黒猫の正体がバレてしまうだろう。ジャネットは慌てて割って入る。

「野良猫ですわ！　お腹が空いているみたいだったから、少しお世話をしていましたの！　ね、フェリス!?　そうですわよね!?」

「あうぅ……」

フェリスは黒猫をぎゅーっと抱き締める。さすがに黒雨の魔女も人間の言葉を喋《しゃべ》ろうとはせず、『にゃ、にゃー』と普通の猫のふりをする。

「そうなんだ……？　なんか妙に魔力が強いというか、不思議な感じがするんだけど……誰かが猫に化けてるとかじゃ、ないよね？」

普段はのほほんとしている割に鋭いロッテ先生。隙のない目つきで黒猫を凝視する。少女たちは身をこわばらせる。アリシアはぎこちなく微笑した。

「まさか。もし黒雨の魔女が猫に化けていたとしたら、こんな大人しく抱っこされるわけがありません。撫《な》でても全然怒らないんですよ？　ほら、フェリス。撫でてみて」

「は、はい……」

フェリスは恐る恐る黒猫の頭を撫でる。ロッテ先生の前では黒雨の魔女も抵抗できず、されるがままになっている。フェリスは目を輝かせる。

「ふわぁぁ……すべすべですぅ……やらかいですぅ……かわいーですー！」

大喜びである。

「ね、大人しいでしょう？」

とアリシア。

「でも、すごい唸《うな》ってるよ？」

「フェリスに撫でられるのが嬉しくて喉を鳴らしているんです」

「フェリスちゃんのこと、人食いライオンみたいな目で睨《にら》んでるよ？」

「目つきが悪いのがチャームポイントなんです」

「うーん……なんで引っかかるのかなぁ……？」

腕組みして悩むロッテ先生。

「そうだ、厨房でおやつに干し魚もらってきてたの！　黒雨……じゃなくて、その猫にあげて！」

テテルがフェリスに干し魚を手渡す。

「にゃーさん、おいしーおさかなですよー！」

フェリスはカカオフィッシュの干物を黒猫の口に入れる。黒猫はじたばたと暴れつつも、仕方なく干し魚をかじり始める。

ロッテ先生が肩の力を抜いた。

「まあいいや！　餌をやるくらいは構わないけど、教室に連れてきちゃダメだよー？」

「はいー！」

去っていくロッテ先生を見送りながら、フェリスは黒猫の頭を撫《な》でる。こんな機会いつあるか分からないから、撫でられるときに撫でまくっておいて損はない。

「あ、後で覚えておけよ……」

黒雨の魔女はフェリスの腕の中で唸《うな》った。

朝のホームルーム前の教室で、フェリスは机に腕を載せてうつらうつらとする。いつも通りの平和な日々。部族同士が命を懸けた戦いを繰り広げていた世界と、優しいクラスメイトばかりの教室は、まるで別世界のようだ。

ジャネットがフェリスを眺めて笑みを漏らす。

「あら、フェリスったらおねむですのね」

「ふぁい……なんか、ねむねむです……」

フェリスは小っちゃな手の甲でぐしぐしとまぶたを擦《こす》る。もうすぐ授業が始まるから目を覚まさなきゃいけないのだけれど、睡魔が強すぎて勝ち目がない。

「かなり大変な旅だったものね。慣れないベッドだったし、あちこち歩き回らないといけなかったし」

だが、フェリスのおかげでロバートは帰還し、全面戦争は未然に食い止められた。いくら感謝しても足りないと思うアリシアである。

「みんなおっはよー！　ホームルームを始めまーす！」

元気に騒ぐ生徒たちよりもっと元気な勢いで、ロッテ先生が教室に入ってきた。さすが永遠の十二歳を自称する教師は違う。生徒たちは口々にロッテ先生に挨拶しながら、自分の椅子に滑り込んでいく。

ロッテ先生は教壇に跳び乗ると、教卓に手を突いて高らかに告げた。

「さーて、みんなもお待ちかね！　そろそろヴァルプルギスの夜だね！　今年のヴァルプルギスの夜は、四十四年に一度の大ヴァルプルギス！　大陸中の名だたる魔女たちが賓客として来るから、魔法学校の名に恥じないよう気合い入れていくよ！」

先生がげんこつを突き上げると、生徒たちも歓声を上げる。ノリの良いクラスである。

隣のクラスの担任からは『もう少し先生のクラスのホームルームは静かになりませんか』と苦言を呈されることもあるが、ロッテ先生は気にしない。一日の始めくらいは賑《にぎ》やかに盛り上げた方が、生徒たちも楽しく学校生活を送れると考えている。

「うちのクラスでも出し物をやるから、なにをしたいか考えておいてね。友達同士で話し合ったり、票集めしておくのもアリ！　せっかくの大ヴァルプルギスなんだから、悔いのない夜にしないとねっ！」

生徒たちがざわつく。教室の中で数多《あまた》の視線が行き交い、値踏み、互いにうなずき合う。まだ票集めの段階にすらなっていないのに、刹那にして派閥が形成される。魔法学校の生徒たちにとって、クラスでやる出し物の内容は一大事なのだ。

様々な思惑には気づきもせず、フェリスは期待に目をきらめかせる。

「出し物って、なんでもしていいんでしょうか⁉　なにしましょー⁉」

ジャネットのテンションが瞬時に上がる。

「フェリスの可愛さが引き立つ衣装がいいですわ！　フリルをめいっぱい使って、ラインツリッヒ御用達の職人に作らせますわ！」

「衣装の前になにをするかを決めないといけないと思うわ……」

「いいえ、なにをするかはどうでもいいんですの！　大切なのは、フェリスが！　なにを！　着るか！　ですわ‼」

「ふえ……」

ジャネットの力説にフェリスは目をぱちくりさせている。自分の洋服がなぜ大切なのかは分からないけれど、ジャネットが言うのならきっとそうなのだろうと判断する。なにせジャネットはフェリスより二つも年上のお姉さんだ。

「じゃあじゃあっ、ネズミ焼きのお店でいいよねっ？」

提案するテテル。

「よくありませんわ！」

「じゃあネズミスープのお店？」

「ネズミ系はダメですわ！」

「えー。なんでもいいって言ったのにー」

テテルはほっぺたを膨らませた。

「物事には限度がありますわ！」

「ないよ！　なんでもはなんでもだよ！　『校長先生的当てゲーム』だってアリだよ！」

「こ、校長先生が可哀想だと思うんですけど……」

「意外と面白がってくれる気もするわ」

そして一発も当たらずお客さんが減りそうな気もするアリシアである。校長先生の得意属性は恐らく念動魔術だし、ボールを避けるぐらい朝飯前だ。

ロッテ先生が手を叩《たた》く。

「はいはい、そこまでー。話し合うのは休み時間にしようね！」

生徒たちは静かになるが、それは飽くまで表面上。裏では濃厚な情念が渦巻いている。

大勢の視線がフェリスに集中している。異様な気配に、フェリスはびくりとした。


休み時間。フェリスが次の授業の準備をしていると、クラスメイトたちが押し寄せてきた。分厚い人の壁でフェリスの机を取り囲み、口々にまくし立てる。

「フェリスちゃん！　シュガーボールの出店やろうよ！」「着せ替えショーがいいよ！ねっ！」「お化け屋敷！　お化け屋敷で決まりよね!?」「ガラクタ市場やろっ！　街にあるガラクタを集めてきて、高値で売りつけるの！」

「あ、あのあのっ……えとっ……」

一斉に詰め寄られ、混乱するフェリス。どうして自分に言われるのか分からないし、どうしたらいいのかも分からない。

アリシアは組んだ腕に頬杖を突き、少し離れたところから静観している。

「こうなる気はしていたわ。今年の票集めの鍵は、フェリスだものね」

「どういうこと？」

テテルが首を傾げた。

「ほら、フェリスがこれをやりたいって言ったら、誰も反対できないし、確実にそれに決まっちゃうでしょう？　だから、自分のやりたい出し物をフェリスに勧めるのが早いのよ」

「あー、なるほどー。じゃあフェリスの口にネズミ焼きを百匹詰め込んでくる！」

「行かせませんわよ！」

　ジャネットは全力でテテルにしがみついて暴挙を食い止める。フェリスならなんでも喜んで食べそうだが、だからこそ闇に引きずり込まれないよう守らねばならない。縁の下の守護者である。

　フェリスの周りには魑魅魍魎《クラスメイト》が蠢《うごめ》いている。女子生徒の一人が皿に載せたプリンを片手に、フェリスの間近に迫ってささやく。

「ほーら、フェリスちゃん。あまーいメギドプリンだよぉ～。フェリスちゃんがプリンの出店やりたいってみんなに言ってくれたら、作ったプリンいくらでも食べさせてあげるんだけどなぁ～？」

「い、いくらでも……」

　半開きになったフェリスの小さな口から、愛らしいよだれが垂れている。皿の上のプリンがぷるるんと揺れる度、見つめるフェリスの瞳が揺れている。

「あれは賄賂ですわ！　フェリスを買収する気満々ですわ！」

憤慨するジャネット。しかもフェリスは自分に賄賂が差し出されていることに気づいていない。まず賄賂という概念がフェリスの頭の中には存在しないし、もはや視界にプリンしか映ってない。

プリンの生徒を押し退《の》けるようにして、他の女子生徒がフェリスの手を握り締める。

「お願い、フェリスちゃん！　私、どうしても演劇をやりたいの！　私のお母さんが病気なの！」

「びょ、びょうきですか……？」

たじろぐフェリスに、女子生徒はハンカチで目元をわざとらしく拭《ぬぐ》ってアピールする。

「ええ！　最高の演劇を観ないと鼻血を出して倒れてしまう病気なの！　噴水みたいに出て家中が真っ赤になるの！」

「大変ですー！」

フェリスは仰天した。

「でしょ!?　だからフェリスちゃんがお姫様役で演劇やりましょ！　私がフェリスちゃんの婚約者のお姫様役をやるから！　ダブルプリンセスよ！」

「それだけは許しませんわー！」

ジャネットが群衆に突撃して、フェリスを奪還しようとする。一部派閥の生徒たちがフェリスを担ぎ上げて運び去ろうとし、テテルの体当たりで止められる。仁義なき票獲り合戦は、尽きることなく続けられた。

ロッテ先生が教壇に立ち、生徒たちの顔を眺め回す。

「それじゃー、今日はいよいよヴァルプルギスの夜の出し物を決めまーす！　うちのクラスでなにをやるか、みんなしっかり考えてきたかなー？」

はーい！　と朗らかに手を挙げる生徒たち。だが、教室に満ちる空気は朗らかなんてものではない。各派閥のあいだでは静かな火花が散り、派閥の中では裏切りを決してさせぬとのプレッシャーが幅を利かせている。しかも未《いま》だに票獲り合戦は終わっておらず、自らの望む出し物を勧める紙片が幾十枚もこっそり回っている。

ロッテ先生は、ぷるるっと身を震わせた。

「いいねいいね、この緊迫感……。やっぱりこうでなくちゃヴァルプルギスじゃないよね！　思い出すなー、先生が学生の頃も、出し物を決める抗争で教室が五つ吹き飛んだりとか、担任が行方不明になったりしたんだっけ」

「ロッテ先生の時代の魔法学校って、どんな無法地帯でしたの……」

ジャネットが呆《あき》れる。そんな時代に生まれなくて良かったと心から安堵《あんど》するし、そんな戦場みたいな学校には通いたくない。平和が一番である。

「ううう……なんにしましょう……」

フェリスはまだ悩んでいた。フロストキャンディーやさんとか、アクセサリーやさんとか、お昼寝やさんとか、やってみたいことが多すぎる。どれを選んでも誰かをしょんぼりさせてしまうと考えると、一つに決められないし、なにより食い入るように凝視しているみんなの視線が怖い。

テテルが思案する。

「んー、ネズミ系がダメなら、校舎の屋上からせーのでジャンプするゲームやさんとかはどうかなー？」

「ハバラスカさん以外、全員死にますわ！」

「上手に着地すれば大丈夫だよ！」

「上手に着地してもハバラスカさん以外死にますわ！」

ナヴィラの習慣を安易にバステナに持ち込まないでほしいとジャネットは切に願う。バステナの民は梯子《はしご》なしで暮らす樹上生活者とは違うのだ。

近くの生徒が、アリシアに甘い声で話しかけてくる。

「ねえねえ、グーデンベルトさん。私は杖のデコレーションショップがお客さんに喜んでもらえると思うんだけど、どうかなぁ……？」

なぜ自分に言われるのかとアリシアは考え、理解する。フェリスの説得に最も適した人材がアリシアだからだ。だとしたら、迂闊《うかつ》なことは言えない。せっかくのヴァルプルギスの夜、フェリスがやりたくない出し物に賛成させてしまったら可哀想だ。フェリスが好きな出し物はなんだろうと思案し、慎重に答える。

「やっぱり食べ物系が、いろんな人に喜んでもらえると思うわ。私は創作料理のお店をやりたいのだけれど、どうかしら？」

「それだけはいけないよ！」

テテルが縮み上がった。

「あら、どうして？　確かに食べ物のお店は多いだろうけど、だからこその創作料理なの。今までにない料理のアイディアを考えているから、それをお客さんに無理やり食べさせることで未知の体験を……」

「だからこそタチが悪いのですわ！」

「普通にワッフルでも焼いていた方が安全だよ！」

「普通じゃ発展性がないわ」

「発展性なんて要りませんわ！」

アリシアは熱く語る。

「私……一口食べるだけで人格が変わるような料理が作りたいの」

「そんな危険物は料理じゃありませんわ！」

今回ばかりはテテルとジャネットの二人がタッグを組んで反対する。全力である。そもそも無理やり食べさせると述べている時点で不穏だった。アリシアの壮絶な料理、いや大量破壊兵器でヴァルプルギスの夜に惨劇を引き起こしてしまってはならない。

ロッテ先生が頬に人差し指を添える。

「ちなみに、今年は意外とお化け屋敷が優勢のクラスは少ないみたいだよ～？　みんな工夫を凝らそうとしすぎて、逆に普通のは減ってるみたい。もしかしたらそういうのも狙い目かもねっ！」

「お、お化け屋敷だけはダメですわっ！　ひ、人様を怖がらせて楽しむなんて、そそそそんなの悪趣味ですわっ！」

震えるジャネットに、テテルが笑う。

「ジャネットって怖がりだよねー」

「怖がりじゃありませんわ！　ね、フェリスもお化け屋敷は嫌ですわよね!?」

フェリスはこくこくとうなずく。

「は、はい……びっくりしちゃうのは、ちょと……」

ためらいがちに小声で答えるが、そのとき。

『わたし、お化け屋敷がいいですっ!!』

教室にフェリスの声が響き渡った。

「フェリス!?　どうしてイジワルしますの!?」

涙目になるジャネット。

「ふえ!?　わ、わたしじゃないですけど……」

フェリスは慌てて周りを見回す。すると再度。

『お化け屋敷とか、すっっごく楽しそーですーっ!!　わたし、にゃーさんの格好でお客さんをびっくりさせたいです！　にゃーにゃーっ！』

愛らしいフェリスの声が響く。それを聞いた生徒たちが顔を見合わせる。

「フェリスちゃんがしたいなら……ねえ？」「だね。フェリスちゃんの希望だし！」「猫の衣装着たフェリスちゃんとか、絶対かわいいよ！」「お客さんもいっぱい来そうだし！」

「これはもう決まりだねっ！」

あっという間に、教室の空気が作られてしまう。本人が訂正する隙もない。

「な、なんでえ……誰なんですかあ……」

フェリスが必死になって声の主を捜すと、見つかった。机の引き出しの中に、黒雨の魔女が化けた猫が潜んでいるのが。

「ふふん、わらわにとって童女の声真似ぐらい容易《たやす》いものじゃ。わらわを好き放題に弄んだお返しじゃ」

おひげをピンと跳ねさせて得意気な黒猫。頭を撫《な》でまくったり干し魚を食べさせたりしたことへの、恐るべき復讐である。

「泣いて慈悲を乞うか？　それともそなたの持てる魔力のすべてをわらわに捧げるか？　いかなる償いをしようとも、赦しなどはせぬがな。くくく」

「黒雨の魔女はあいかわらずね……」

アリシアは肩をすくめた。ヨハンナとの思い出のペンダントを返してもらって態度は和らいだようだが、闇の化身のような性格は変わらない。ひょっとしたら、それは生まれつきなのかもしれない。

と、ロッテ先生は廊下から校長が教室を眺めていることに気づいた。

「校長先生？　どうしたんですか？」

尋ねるロッテ先生。

「うむ……」

校長は顎鬚《あごひげ》をいじりながら、フェリスの方を凝視している。目尻にはたくさんの皺《しわ》が寄っているのに、その眼光は決して衰えていない。

「ふえ………？」

あらゆるものを見透かすような視線に、フェリスは身じろぎした。黒猫の存在に気づかれている気がして、机の奥に押し込む。黒猫は抵抗してフェリスの指に噛《か》みつく。

「フェリス」

「魔女さあん……」

「は、はい！」

校長に名指しされ、フェリスは跳び上がった。

「引き出しの中に入っている猫を連れて、校長室に来なさい」

「…………あう」

やはりだ。魔法学校を統べる長の名は伊達《だて》ではない。フェリスが引き出しから黒猫を取り出すと、クラスメイトたちの注目が集まる。

「わー！」「猫だー！」「フェリスちゃんが猫隠してる！」「かわいー！」「毛皮つやつやー！」「ねっ、ねっ、フェリスちゃん！　触ってもいい？」

フェリスの周りに群がり、熱心に迫ってくる。今にも黒猫をもぎ取って胴上げを始めそうな雰囲気だ。

「や、やめといた方がいいかもです……」

フェリスは黒猫を腕の中に抱き締めて後じさった。黒猫は唸《うな》り声を漏らし、鋭い爪を閃《ひらめ》かせて暴れている。こんな姿をしていても本質は災禍《さいか》の魔女、下手をすれば教室が戦場になる危険性もある。

「あ！　この前の猫じゃない。もー、こんなとこまで持って来ちゃダメでしょー？」

「すみません……」

ロッテ先生に叱られ、フェリスは縮こまった。自分で持って来たわけではないのだが、いつの間にか机に入っていただけなのだが、きちんと説明するのも難しい。余計なことを話すと、黒猫の正体まで言ってしまいそうな予感がする。

ロッテ先生は腰に手を当てて頬を膨らませる。

「みんなも授業中に席を立たない。出し物の話し合いを続けるよ！」

「ロッテ先生も校長室に来るのじゃよ？」

「私もお説教ですか⁉ 担任の責任問題ですか⁉」

身構えるロッテ先生。生徒たちがささやく。

「これはクビだね」「うん、クビ」「いつかこうなると思ってた！」「ロッテ先生の送別会しなきゃ」「先生にはお世話になったし、盛大にやろうね！」「ロッテ先生、今までありがとうございました！」

「さすがにクビじゃないよねー⁉」

ロッテ先生は涙目。完全にからかわれている。教え子たちから愛されている担任である。見た目が小さくて大人という感じがしないのも、親近感を抱かれる由縁の一つだろう。

ジャネットが机に手を突いて、おもむろに立ち上がる。

「わ、わたくしもフェリスに付き添いますわ。援護なしでフェリスを地獄に行かせるわけにはいきませんもの」

「ワシの部屋は地獄ではないのじゃが……」

いわれのない非難を向けられた校長は微妙な表情だ。

「止められてもついて行きます。たとえ火の中水の中、死なば諸共ですわーっ！」

「わたし死ぬんですかー⁉」

フェリスは震え上がった。

「言葉の使い方が少し間違ってる気がするわ……」

それを言うなら一蓮托生《いちれんたくしょう》ではないだろうか、と思うアリシア。しかし暴走中のジャネットに文法を説いても仕方ない。

校長が目を瞬く。

「ん、別についてきても構わぬぞ。というより、来てもらった方が話が早いのう。ジャネットにアリシア、テテルも来なさい」

「私も……ですか？」

「やったー！　校長室でおやつの時間だー！」

「……おやつは出んからの？」

はしゃぐテテルに、校長は釘《くぎ》を刺しておく。なぜ妙な勘違いを生んだのかは不明だが、後でがっかりされるのは困る。一部生徒におやつを供与したとして校内に不公平感が広がるのも困る。

校長に廊下を連行されながら――縄でくくられているわけではないが、逃げてはならぬとの背中から滲《にじ》み出る圧力が凄まじい――フェリスは友人たちにささやく。

「うう……捨ててきなさいって言われたらどうしましょう……にゃーさんが野良になっちゃいます……」

「学校で猫を飼うのはまずかったわね……」

深刻な顔でつぶやくアリシア。

「まずわらわは猫ではないからな！　忘れておらぬよな!?」

黒雨の魔女の抗議に、テテルが目を丸くする。

「えっ!?　この猫しゃべった!?」

「ずっとしゃべっておったじゃろうが！　なにを今さら！」

ジャネットが杖を握り締める。

「わたくしが風魔術を使いますわ。アリシアは火魔術で……」

「待って。まさかとは思うけど、校長先生と戦う相談をしているのかしら？」

「最後の手段ですわ……」

「最後の手段はヤですようっ！」

フェリスは小さくなって黒猫を抱きすくめ、黒猫の呼吸が止まりかける。強制連行されていても少女たちの賑《にぎ》やかさは変わらない。同じ年頃の子供たちと比べると、くぐってきた修羅場の数が違う。世界の三分の一を滅ぼしたといわれる伝説と戦ったこともあるし、未開の地で地下牢に放り込まれたこともある。

校長室にたどり着き、校長が扉を開いた。まずはロッテ先生から足を踏み入れ、続いてテテルが突っ込んでおやつを探し、アリシア、ジャネット、黒猫を抱っこしたフェリス、校長の順番に入室する。

扉が閉じ、壁に描かれていた線と扉に描かれていた線が繋《つな》がる。すると床の絨毯《じゅうたん》に、輝く紫の魔法陣が浮かび上がった。目を見張るフェリス、飛び退《の》こうとする黒猫。部屋の四隅から白い光が放たれ、交差する柱となって黒猫を貫く。

「しまっ……」

空中に縫い止められる黒猫。その内部から八方へ光が飛び散り、体を覆っていた瘴気《しょうき》が爆発する。濃霧が無理やり引き剥がされ、漆黒の衣をまとった少女の姿が現れる。

それを眺め、校長は静かに告げる。

「ふむ……やはりお主じゃったか。災厄の権化、幽閉の大罪人——黒雨の魔女よ」

「えっ⁉　黒雨の魔女⁉　この子が⁉　ていうか猫じゃなかったの⁉」

仰天するロッテ先生。

「くっ……人間ごときが……わらわの変化《へんげ》を見破るなど……」

黒雨の魔女は宙に浮かんで歯ぎしりした。

「確かにワシは無力な人間の一人じゃが、長いあいだに魔法技術も発展しておるのじゃ。純粋な出力以外なら、そう簡単に後れは取らぬよ」

魔女の手の平から瘴気《しょうき》が湧き出す。校長は杖を構えて向かい合う。一触即発の空気。悪魔殺しのミルディンと災禍《さいか》の魔女が戦えば、校長室どころか校舎丸ごと無事では済まないだろう。

フェリスは慌てて黒雨の魔女と校長のあいだに飛び込む。

「あ、あのっ、わたしが寮に泊まっていってくださいってお願いしたのがいけないんです！　魔女さんはなにも悪くないんですっ！　だからケンカしないでくださいっ！　追い出さないでくださいっ！」

黒雨の魔女の前に両腕を広げて立ち塞がり、震えながら校長を見上げる。

「フェリス……退いていろ。世の権力者というものは、殊にわらわを憎むものじゃ。どちらが上か思い知らせてやろうぞ」

「でもっ……でもっ……」

フェリスは校長と魔女の顔を見比べる。どうしたら惨劇を防げるのか、この場を平和に鎮められるのか分からない。黒雨の魔女には怪我《けが》をしてほしくないが、かといって優しい校長に攻撃するのも考えられない。

「ワシは別に、黒雨の魔女と争いたいわけではないぞ？」

「え？」

　校長の言葉に、皆がきょとんとした。

「ちょっと事情を確かめたかっただけじゃ。フェリス、お主は黒雨の魔女に脅されたり、誰かを人質に取られたりしているわけではないのじゃよな？」

「は、はい！　魔女さんは仲良しさんですっ！　ずっと一緒におしゃべりとか、遊んだりとかしたくてっ、それで魔女さんが来てくれたからっ、すっごく嬉しくてっ！　あのあのっ、わたし、魔女さんのこともっとよく知りたくてっ」

「うむうむ」

　一生懸命訴えるフェリスをさえぎらずに、校長はニコニコして聞いている。

「つまり、黒雨の魔女はフェリスの友達ということかの？」

「はい！　お友達です！　仲良しさんです！」

「仲良しというわけでは……」

　反論しようとする黒雨の魔女を、フェリスはぎゅーっと抱き締める。

「仲良しさんです！」

「ふむ。仲が良いのは良いことじゃ」

　校長は構えていた杖を下ろした。校長の殺気が消えたのを認識したのだろう、黒雨の魔女の体から滲《にじ》み出す瘴気も緩やかになる。

「黒雨の魔女よ。お主が望むなら、好きなだけ魔法学校に滞在してもらっても構わん。ただ、無用な混乱を招かぬよう、ここにいる者以外には正体を明かさぬようしておいてくれるかのう？」

「まあ……わざわざ言うつもりもないが」

当惑気味の魔女に、校長は続ける。

「それと……じゃが。お主、この学校に通ってみる気はないかの？」

「校長先生!? なにを言ってるんですか!? 黒雨の魔女って、あの黒雨の魔女ですよ!?」

ロッテ先生は愕然《がくぜん》とした。学生の頃から校長の思考回路は謎だったが、今回はますます掴《つか》めない。

「猫の格好でこそこそしているのも、窮屈じゃろ。どのみち黒雨の魔女を直に見た生徒は他におらんのじゃし、黙っていれば普通の転入生で通る。どうじゃ？」

校長は微笑を浮かべて尋ねた。

さすがに魔女もうなずかないだろうと、アリシアやジャネットは思う。黒雨の魔女は人間と馴《な》れ合うのを非常に嫌っている。学校制度に呑まれることを自ら求めるはずもない。

けれど魔女の返答は、アリシアたちの予想に反したもので。

「……ああ。通ってみたい」

黒雨の魔女は、校長の目を真っ直ぐに見て言った。

第三十章　『転入生』

「きょ、今日からみんなのお友達？　になる？　なるのかなぁ……？　て、転入生を紹介しまーす……」

ミドルクラスAの教室で、ロッテ先生が疑問符だらけで告げる。教壇の端で戦闘用の杖を抱き締めて小刻みに震え、とてもお友達を紹介する態度ではない。いつ攻撃されても対応できるよう魔法結界の術式も準備している。

制服姿の黒雨の魔女は、教壇の真ん中に堂々と立ち、生徒たちを睨《にら》み下ろす。

「わらわの名は、レインじゃ。にせ……十四歳じゃ。わらわに逆らうな、わらわを怒らせるな、わらわを詮索するな。さすれば安寧が与えられん」

こちらもお友達に自己紹介する態度ではない。下々に宣戦布告する態度である。瘴気《しょうき》こそ漂ってはいないが、優美な黒髪は逆立ち、激しく警戒している。

ジャネットがアリシアにささやく。

「ちょっと……あれ、大丈夫なんですの？　最初からケンカ腰ですわよ？」

「大丈夫だとは思うけれど……いざとなったらフェリスを連れて離脱しましょう」

「全然大丈夫な予感がしませんわ……」

「多分、校長先生にもなにか考えがあるのよ」

恐らくそれは、黒雨の魔女を今の時代に順応させるためなのではないかと、アリシアは思案する。

フェリスのおかげで魔女は暴走を止めたが、世界への憎しみが消えたわけではない。隷属戦争の再来を回避するため、魔女に世界の美しさを知ってもらおうとしているのではないか。ただし……もし失敗したら大きな惨劇が起き得る賭けでもある。

それらの推測を組み立てる己のことを、十二歳にしては異常だという自覚はアリシアにもあった。だから、必要なくばわざわざ人に推測の内容を話そうとは思わない。幼少期、大人たちはあまりにも早熟なアリシアの思考を薄気味悪がっていたし、同年代の子たちは理解してくれなかった。余計な軋轢《あつれき》を生むよりは、沈黙を保った方が合理的だ。

「アリシアさん？　なにか考え事ですか？」

「……ううん。気にしないで」

心配そうに見てくるフェリスに、アリシアは微笑する。なぜ自分が年齢に不相応なほど早熟なのか、昔は分からなかったけれど、今なら分かる。

年齢に不相応なほど強力なのに心は幼いフェリスを守るためだ。普段は余計な不安を与えず、けれどフェリスに忍び寄ってくる脅威は決して見逃さぬよう、知力を最大に発揮し

て見張っていなければならない。

そう思うと、魔術師団長の娘であるジャネット、物理最強のテテルなどがフェリスの周りに集まっているのも、本当に偶然なのか不思議になってくる。ひょっとしたらすべては、来たるべき『なにか』に備えた必然なのかもしれない。それがどういったものなのかは、まだ想像もつかないけれど。


突然現れた転入生に、生徒たちは興味津々だった。

なんといっても、黒雨の魔女は美しい。バステナ王国では珍しい、射干玉《ぬばたま》の黒髪に深い闇の瞳。その漆黒を際立たせるのは、透き通るように白い肌。艶やかで神秘的な空気を漂わせ、この世ならざる――実際に霊体なのでこの世の理《ことわり》からは外れているのだが――幽玄をたたえた美貌には、本性を知るアリシアたちでさえ目を惹かれずにはいられない。もしかすると、かつて世界中の国々が黒雨の魔女を欲していたのは、その力だけではなく麗しい容姿も一因だったのかもしれない。

近づきがたい雰囲気のせいで、休み時間も遠巻きに黒雨の魔女を眺めていたクラスメイトたちだったが、フェリスが魔女としゃべっているのを見て恐る恐る歩み寄ってくる。

「ねえ……レインさんって、フェリスちゃんの知り合いなの？」

「はい！　お友達ですっ！」

クラスメイトの確認に、フェリスは元気よくうなずいた。それを合図にしたかのように、一斉に生徒たちが黒雨の魔女のところへ集まってくる。

「フェリスちゃんの友達なら、いい子だよね！」「うんうん！」「よろしくね、レインさん！」「ミドルクラスAにようこそ！」

テテルは生徒たちの反応に納得する。

「なるほどー、フェリスが食べるモノなら安全ってことかー」

「どうしてフェリスがお毒味役なんですの……」

ジャネットは釈然としない気持ちを抱えている。黒雨の魔女が本当に信用できる相手なのかもいまいち分からない。王都消失事件で両親が危険に晒《さら》されたときのことは、未《いま》だに記憶に新しい。

一方、事情を知らないクラスメイトたちは、好奇心に駆られて遠慮のない質問を黒雨の魔女に浴びせる。

「レインさんって、今までどこの学校に行ってたの？」

「学校に通ったことはない。魔法学校が初めてじゃ」

「家で勉強してたの？　家庭教師？」

「勉強はしたことがない。わらわは生まれながらに天才ゆえな」

黒雨の魔女はだるそうにしながらも、生徒たちの問いに答えている。まるで巨象がネズミと遊んでやっているような雰囲気だ。

「レインさんの家ってどこ？」

「祠《ほこら》の中じゃ」

「祠の中？」

「閉じ込められておったのじゃ」

「ひどーい！　レインさんかわいそー！」

かわいそー、と唱和する女子生徒たち。

「わらわを哀れむな。死にたいのか」

「え、し、死にたくはないけどっ。なんかごめんね？」

魔女から睨《にら》み据えられ、たじろぐ生徒。制服を着ていても、やはりそこは伝説の存在。滲《にじ》み出す威圧感も並の少女ではない。

雑踏から距離を置いているジャネットがアリシアにささやく。

「あれ、本当に大丈夫ですの？」

「正体を隠す気があるのか分からないわね……」

アリシアも危機感を覚える。相手が黒雨の魔女だということに勘付かれたら、学級閉鎖どころか学校閉鎖になってもおかしくはない。さすがにそちらへ考えが回る生徒もそうそういないだろうが、魔女の言動は危うすぎる。

そんなアリシアたちの憂慮を知る由もなく、生徒たちはめげずに攻めていく。

「レインちゃんの好きな食べ物ってなーに？」

「人々の絶望と阿鼻叫喚《あびきょうかん》の地獄じゃ」

「絶望……？」

「そう、絶望じゃ。人は絶望したときに、魂から大きな魔力を放出する。その魔力は凄まじい美味でな？　わらわはそれを糧に……」

「ダメです――――――っ!!」

フェリスが黒雨の魔女の口を手の平で塞いだ。

「なんじゃ、わらわの邪魔をするなら学校ごと虚無の中にむぐぐ！」

黒雨の魔女はフェリスの手を引き剥がすが、テテルも飛んできて魔女の口を塞ぐ。ついでにアリシアとジャネットも魔女と皆のあいだに割り込んで警戒する。総力戦である。

困惑するのはクラスメイトたちだ。

「どうしたの、フェリスちゃん？　急に」「そうだよー、私たちもレインさんとお話ししたいよー」「独り占めはずるいよー」

「え、えっと……その……」

なんと言って弁解したらよいのか、フェリスは思いつかない。そもそも誤魔化すという行為が極めて苦手な性格なのだ。それを重々承知しているアリシアは、フェリスに代わっ

で、ね？」

「あんまり質問攻めにするのは、よくないわ。これまで学校に通ったことがないから、大勢に囲まれるのは慣れていないの。もう疲れちゃってるみたいだし、今日はこのくらい

アリシアは両手を合わせて微笑《ほほえ》む。

「わらわは別に疲れてなど……」

否定しようとする黒雨の魔女を、テテルが担ぎ上げる。

「おーっと！　疲れすぎて一人じゃ歩けないって!?　じゃあ、あたしが運んだげるよ！

屋根の上から学校を見て回ろうね！」

「ハバラスカさん!?　屋根の上はやりすぎですわ！」

「このナヴィラの人形が！　わらわに触れるな！　放せと言っておるだろう！」

黒雨の魔女はもがくが、腕力でナヴィラ族に敵うはずもない。テテルは有無を言わさず魔女を廊下へ運び出していく。さすがに魔女も公衆の面前で戦争を始めるのはいけないと理解しているのか、瘴気《しょうき》で対抗しようとはしない。

フェリスやアリシア、ジャネットと、いつものメンバーが空き教室に飛び込んでから、ようやくテテルは黒雨の魔女を床に下ろした。アリシアが扉の鍵を閉める。

魔女は腰に手を当て、顎をそびやかして少女たちを見下ろした。

「なんたる無礼な奴らじゃ！　わらわを捕虜のように扱いおって！」

「ご、ごめんなさいっ！　どうしたらいいか分かんなくてっ！」

縮こまるフェリス。ジャネットが黒雨の魔女を真っ直ぐ指差す。

「あなたがいけないのですわ！　あんなことを話したら、自分の正体をバラしているようなものじゃありませんの！　黒雨の魔女だってみんなに自己紹介したいんですの!?」

魔女はふんぞり返って鼻を鳴らす。

「ふん。正体を明かしたいわけではない。なにを言ったら正体に気づかれてしまうか、よく分からぬだけじゃ！」

「偉そうに言うことじゃありませんわ！」

「偉そうではない。実際に偉いのじゃ。わらわは偉大なる魔女ゆえな。魔術の真髄が見えてもおらぬ、よちよち歩きのそなたとは格が違う」

ジャネットが顔を紅潮させる。

「わ、わたくしだって偉いですわ！　由緒ある魔術師の血筋、ラインツリッヒ一族の後継者なのですから！」

「はあ？　ラインツリッヒ？　わらわが生きていた頃には聞いたこともない名じゃのう？　どこぞの成り上がりか？」

「隷属戦争の時代にはいなくて当然ですわ！　ずーっと王宮の要職を務めていますし、成り上がりなんかじゃありませんわっ！」

睨《にら》み合うジャネットと黒雨の魔女。整った鼻先を突き合わせ、額をぶつけ合って火花を散らしている。フェリスはおろおろと二人を見比べる。

「ケ、ケンカしないでくださあいっ」

「そうだよー。もうだいぶおばーちゃんなんだから、今の時代のことは詳しくなくて当たり前だよー。怒らないであげて」

テテルが何気なく放った優しい一言が、いけなかった。

「おばっ…………」

黒雨の魔女がよろめき、半歩後じさる。顔面蒼白《そうはく》になって手をわななかせる。

「そ、そなた、わらわのことを、おばあちゃんと申したか……？」

信じられない、信じたくないといった口調。テテルはきょとんとする。

「え？　おばーちゃんでしょ？　うちのひいおばーちゃんの何百倍も年なんだよね？　安心して、あたしちゃんと教わってるから！　お年寄りには親切にってね！」

「お、お年寄りっ……」

さらに一歩後退する黒雨の魔女。ショックがありありと窺《うかが》える。何度も九十五歳呼ばわりされた経験のあるアリシアには、魔女の動揺が他人事には思えなかった。

「……分かるわ、あなたのつらい気持ち」

「分かってくれるか。そなたは老けておるからのう」

「老けてはいないわ！」

我知らず語気が強くなる。思考が老成しているのは仕方ないことだとはいえ、十二歳の少女としてのアイデンティティを失いたくはない。アリシアの苦悩を感じ取ったのか、フエリスがげんこつを握り締めて励ます。

「アリシアさんは若いと思いますっ！　わたしより若いですっ！」

「それはないと思うけど……ありがとう」

十歳にしても幼く見えるフェリスに気を遣わせてしまったことに、アリシアは恥ずかしくなる。軽く咳払いしてから、黒雨の魔女に視線を注ぐ。

「……とにかく。もうちょっと慎重になってほしいわ。私たちもなるべくフォローするけど、みんなに疑われてしまったら困るから」

黒雨の魔女はうなずいた。

「うむ。わらわとて、この学校にいられなくなるのは本意ではない。余計なことは言わぬよう、せぬよう、充分に用心する」

と、約束してくれたはずだったのだけれど。

魔法薬学の授業の時間、小さく伸びをして窓の方を見やったフェリスは、窓の外を浮遊している生き物にびっくりした。

生き物というか、霊体だから死にモノ——黒雨の魔女である。魔法のホウキや飛行魔術を使いもせず、抜けるような青空を背景にふわふわ飛んでいる。空中で膝を組んで優美に寝そべり、しどけなくあくびを漏らしている。

「魔女さっ————」

びっくりして立ち上がりそうになるフェリス。すんでのところで踏み留まる。幸い、魔法薬学の先生は、まだ状況に気付きもせず、煮えたぎる大釜を鼻歌交じりに攪拌《かくはん》している。教室には薬草の刺激臭が充満している。

フェリスは窓の外の黒雨の魔女に小声で呼びかける。

「あ、あのっ、授業中に空を飛んだらいけないと思うんですけど……」

「む？　何故じゃ？」

黒雨の魔女は意外そうに訊いてきた。今度は上下逆さまで空中に浮き始め、ドレスがたゆたう様は美しくはあるのだけれど、誰かに見られそうでフェリスは気が気でない。

「えと……授業中は席についてお行儀良くしておくのがマナー？　だからだと思います……？　かもしれないです……？」

フェリスの口調は大変心許ない。

「そなたもよく分かっておらんのではないか」

「あうう……すみません……」

椅子の中で縮こまるフェリス。文明社会に入ったばかりの十歳が、現代社会に入ったばかりの幽霊に社会のルールを教えることの限界だった。

「テテルさん……なんでなんでしょう……？」

フェリスは魔法学校における先輩に助けを求めた。テテルは威勢良く親指を突き上げる。

「授業中に席についてなきゃいけないなんてことはないよ！　もっと自由でいいんだよ！　あたしたちは大空を自由に飛び回る鳥なんだよ！」

「鳥さんなんですか!?」

フェリスは自分の背中に羽が生えているかどうか確かめようとするが、よく見えない。近くに鏡もない。

黒雨の魔女は重々しくうなずいた。

「世の常識を鵜呑《うの》みにしてはならぬ。彼奴《きゃつ》らは己の欲望に駆られて人を従わせようとするだけの身勝手な存在じゃ。女王たるもの、自らの正義は自らで決めねばならぬ。支配されるのではなく、支配するのじゃ」

「しはい……分かりました！」

「飛ぼう、フェリス！　あたしと一緒に！」

「はい！　飛びます！」

テテルに手を引かれ、フェリスは席から駆け出そうとする。ジャネットが慌ててストップをかけた。

「ダメですわ！　なに無茶苦茶言ってますの！　先生に怒られますわ！」

「怒られるのはヤです……」

椅子に座り直すフェリス。黒雨の魔女がジャネットを睨《にら》み据える。

「子供の自立心を削ぐのは保護者のやるべきことではないぞ。フェリスの可能性は無限大……もしその気になれば教師すべてを吹き飛ばすことすら可能なのじゃ」

「ふえええええ!?　そんなことできませんようっ！」

フェリスは震え上がった。

「できるとは思いますけれど、させちゃいけませんわ！　あなたは保護者のなんたるかをまったく分かっていませんわ！　フェリスはわたくしが育てますわ！」

相変わらず暴走しているジャネットに、黒雨の魔女が鼻を鳴らす。

「では、そなたは論理的に説明できるというのか。授業中に席を立ってはならぬ、誰もが納得する理由とやらを」

「そ、それは……授業がちゃんと受けられないからですわ」

「わらわはちゃんと授業を受けておる。窓の外にいても教師の声は聞こえるし、そもそも今は教師もわらわに向かって話をしておらぬではないか。ならば、わらわが空を飛んでいようと土に潜っていようと問題はなかろう？」

「うぐ……」

押されるジャネット。

「魔女さんって、土にも潜れるんですかっ？」

フェリスが目をきらめかせた。黒雨の魔女は得意気に肩をそびやかす。

「うむ、敵に捕まって生き埋めにされたことがあるゆえな。なるべく心静かに、呼吸を抑えるのが長持ちするコツじゃ。そなたにも潜り方を教えてやろう」

「はい！　わたしも生き埋めになりたいです！」

フェリスはわくわくした。今まで一度も生き埋めになったことはないと思うので貴重な体験をしてみたかった。生き埋めがなんなのかはいまいち理解していなかった。

「ダメですわ！　下手をしたら死にますわ！」

「生き埋めだから生きてるんじゃないんですか？」

「そのうち死にますわ！」

「……？　でも死なないかもです……試してみないと分かんないです！」

フェリスは元気よくげんこつを握り締めた。

「死んだら取り返しがつきませんわ！」

素直すぎる友人を持ったジャネットの心配は尽きない。

「また『ダメ』と言うのか。これもダメ、あれもダメでは成長などない。なぜ席につくべきなのか、そなたの論理でわらわをねじ伏せてみよ……くくく」

「わたくしを敵に回したこと……後悔しますわよ……?」

挑発するように見下ろす黒雨の魔女に、ジャネットは歯ぎしりする。フェリスは周りの言うことが食い違いすぎていてどうしたらよいのか分からず、机に手を突いて立ち上がりかけたままもじもじしている。

「いいから中に入って。先生に気づかれるわ」

魔法薬学の先生が大釜から振り向きそうになり、アリシアは肝を冷やして黒雨の魔女を教室に引っ張り込んだ。

「まったく……しつこい奴らじゃ」

魔女は不満げな顔をしながらも、とりあえず大人しく自分の椅子に座る……が、腰はわずかに座面から浮いている。細かいことを注意しても際限がなさそうなので、アリシアは諦めのため息をついた。

三時限目は、魔術史学の授業だった。

アリシアが休み時間に懇々と言って聞かせたこともあり、黒雨の魔女はきちんと席についていたが、放っておいたらなにをするか分からない。

またフェリスが空の旅や生き埋めに誘われては大変なので、アリシアとジャネットは目を皿のようにして魔女を見張っていた。ついでに机の下では杖を握り締めているから完全に臨戦態勢である。

王都消失事件では命を懸けて魔女と戦ったけれど、今もだいぶ命懸けだ。教室が争いの場になっているだけに、尚更タチが悪いかもしれない。

教壇では魔術史学の担当のロッテ先生が、教本を片手に解説している。

「魔法のカンテラとか防御用のアミュレットとか、現代では普通に使ってる付加魔術だけど、その研究が始まったのは、人類の歴史と同じくらい古いといわれているの。たくさんの研究者たちの地道な努力が積み重なって、生活を豊かにしてくれてるんだよ」

「それは違う。人類はもっと怠惰な生き物じゃ」

黒雨の魔女がつぶやくと、教室中の視線が集まり、アリシアとジャネットが身構えた。

まさか授業中に反論されるとは思っていなかったロッテ先生に、魔女はさらに告げる。

「確かに付加魔術は太古の魔導大戦において、『人類の第一の敵』との圧倒的な力の差を埋めるために用いられた。だが、魔導大戦が終わった後、隷属戦争が始まるまで、付加魔術は存在すら忘れ去られてしまったのじゃ。必要がなくなったからな」

「え……でも、歴史家のハドリウスの文献には、付加魔術は常に人類の興味の対象で在り続けた、って書いてあるんだけど……」

ロッテ先生は困惑した。

「ハドリウス！　あの想像でしかモノを書かないペテン師のことか？　あやつの歴史書など、戯曲とたいして変わらぬわ。まさか教育者ともあろうものが、ペテン師の言葉を信じ込んでいるわけではなかろうな」

「ハドリウスは……、魔術史学の世界で一番信頼されてる歴史家だよ……？」

「まあ、生前も愚昧な王侯貴族の人気は高かったがな、それは奴が歴史を好き勝手に弄んで、聞こえのよい物語に仕立て上げたからじゃ。まともな学者たちからは相手にされておらんかったわ」

黒雨の魔女は見下げ果てたように肩をすくめる。

「ええっと……」

転入生が隷属戦争の頃を生きた少女だと知っているロッテ先生は、返答に詰まる。ハドリウスと黒雨の魔女は同時代の人間だというのは定説。その魔女が言っているのなら、本当にハドリウスは問題のある学者だったのかもしれない。

なにも知らない生徒たちは、教師すらたじろがせる魔女の堂々たる態度にざわめく。

「レインちゃん、すごーい！」「先生より頭いいんだー！」「なんか自分で見てきたみたいだねー！」

実際に見てきているんだよねえ、とロッテ先生は内心でささやく。予想外のアクシデントに、この場をどうしたら収められるのか思い悩む。

黒雨の魔女は滔々《とうとう》と語る。

「魔法技術は、大きな戦争が起きる度に飛躍的な発達を遂げたのじゃ。怠惰な人類も、絶滅の危機に瀕《ひん》すれば革新を求めて死に物狂いで足掻《あが》く。捧げられた命の数が、後世の便益となる。その冷徹でおぞましい現実を無視していたのが、ハドリウスという半端者じゃ」

「で、でも、ね……？　魔術史学はハドリウスの文献を礎にして研究されてきたわけで、今さら全部否定したらどうしようもなくて……」

「だからといって、偽りを信じるのか？　偽りを生徒に教えるのか」

「くうっ……」

黒雨の魔女のさらなる糾弾が、ロッテ先生の胸に刺さる。

「そなたの教育者としての矜持《きょうじ》は、その程度のものなのか！　そなたは人を導くという神聖な行為を、ただパンを食べるための中途半端な覚悟で行っておるのか！」

「う、うわあああんっ！」

ロッテ先生は泣きながら教室を飛び出した。黒雨の魔女は腰に手を当てて、ロッテ先生を見送る。

「ふん……逃げ出してしまったか、他愛もない。だが、そうやって己と向き合うことで、あやつも一層成長することじゃろう。担任としても、魔術史学の教師としても、な。くく……一皮むけたあやつを見るのが楽しみじゃ」

「どうしてそんなに偉そうなんですの……？」

ジャネットには訳が分からなかった。

戦闘訓練場で、イライザ先生と黒雨の魔女が向かい合っている。眉をひそめ、厳しい面持ちのイライザ先生に、生徒たちは固唾を呑んで固まっている。

いずれも漆黒をまとい、闇魔術を得意属性とするイライザ先生と、瘴気《しょうき》を操る黒雨の魔女である。暗黒の太陽が二つ揃《そろ》えば、戦闘訓練場の空気は恐ろしく冷え込んで感じられてしまう。

イライザ先生は黒雨の魔女をじっと見据える。

「転入生が来たというのは校長から聞いていましたが……あなた、本当にただの転入生、ですか……？」

誤魔化しを許さぬ威圧感。杖代わりの教鞭《きょうべん》を握り、いつでも魔術を行使できるように構えている。とても生徒に対する教師の態度ではない。

フェリスはアリシアに小声で怖々尋ねる。

「先生、気づいてるんでしょうか……？」

「まだ気づいてはいないとは思うけど……さすがイライザ先生ね」

授業の開始前、戦闘訓練場に並んでいる生徒たちを見るなり、黒雨の魔女に目を留めてのこれだ。他の教師たちの何倍も鋭い。

全校生徒が恐れるイライザ先生の視線に、黒雨の魔女は怯《ひる》みもしない。むしろ勝るとも劣らぬ威圧感でもって、冷ややかな笑みを浮かべる。

「ただの転入生でなかったとしたら……どうするのじゃ？」

「始末します」

「ほう……生徒をか」

「生徒だろうとなんだろうと、始末します。さあ、吐きなさい。あなたはただの転入生なのか、それとも魔法学校に侵入した曲者なのか……」

もはや尋問だった。いつ実戦が始まってもおかしくない空気。フェリスはびくつきながらもイライザ先生と黒雨の魔女のあいだに割り込む。

「く、曲者とかじゃないです！　いい転入生です！　わたしが魔法学校にいてくださいってお願いしてっ、校長先生が転入させてくれたんです！　わたしのお友達です！」

「フェリスの友達……？」

イライザ先生は怪訝《けげん》そうに訊いた。

「はい！　だから怪しくな――」

「余計に怪しいですね」

「どしてですか⁉」

フェリスは跳び上がった。

「そもそもあなたが怪しい編入生ですから」

イライザ先生の一刀両断。

「怪しくないですようっ！　わたし、普通の編入生です！　普通の鉱山奴隷で、普通の女の子で、普通にアリシアさんに拾われただけです！」

「普通の要素がまったくありませんわ……そこがまた謎めいていて良いのですけれど」

うっとりするジャネットにはフェリスしか見えていない。イライザ先生と黒雨の魔女の対決は怖すぎて直視できないので現実逃避している。

「戦闘訓練場を洪水で破壊しようとしたフェリスの前科、私は忘れていませんよ。フェリスといいテテルといい……これ以上、化け物を増やさないでください」

「わたし、化け物じゃないですよー！」

「あたしも化け物じゃないよ！」

「わらわも化け物ではないのう」

フェリスとテテルと黒雨の魔女が宣言するが、説得力は微塵《みじん》もない。クラスメイトたちも信じていない。魔法耐性無限のフェリスと、物理攻撃無効のテテルと、国々を恐怖に陥れた黒雨の魔女では、化け物呼ばわりされても文句は言えない。

イライザ先生が肩をそびやかす。

「まあ、いいでしょう。レインからは目を離さずしっかり監視しておきますから、くれぐれも問題だけは起こさないように」

「くく……問題、起きなければいいのう……」

黒雨の魔女は意味深に笑っている。

――どうしてわざわざ煽《あお》るのかしら……。

アリシアには魔女の考えが読めなかったが、イライザ先生が意外と面倒見の良い教師であることは読み取れた。昔は他の生徒たちと同様、単に恐ろしいだけの教師だと思っていたのだけれど、本当は違う。きっとイライザ先生は熱心すぎるほど仕事熱心な人なのだ。

イライザ先生は生徒たちを見回す。

「今日はあなたたちに、戦闘の要を教えます。戦闘において最も重要なことはなんなのか、あなたたちには分かりますか？」

「んん……？　なんでしょう……？」

こぢんまりと腕組みして悩むフェリス。テテルが元気よく手を挙げる。

「はいはーい！　敵に殴られる前に殴ること！」

「先手必勝――確かにそれも事実です。しかし、最重要ではない。他には？」

ジャネットが胸を張って答える。

「ラインツリッヒの娘として、家名を汚さぬ誇りある戦いを貫くことですわ！」

「それは間違いです。命をやり取りする戦いの中で、誇りなどなんの価値もない」

「……………そんなことは、ないと思うのですけれど」

一蹴され、ジャネットはほっぺたを膨らませて小声でつぶやく。ジャネットにとって誇りとは、なによりも優先すべきことなのだ。ただしフェリスを除く。

「あなたはどう考えますか、転入生」

イライザ先生は黒雨の魔女に視線を注いだ。

「考えるまでもない。大切な人を守りきることじゃ」

「……ほう」

眉をぴくりと動かすイライザ先生。

「たとえ戦いに勝っても、命を失ってはなんの意味もない。真の勝利とは、いかなる敵よりも長く生き続け、大切な人を生かし続けること。そなたも悔いておるのだろう？　自らの守るべき家族を、守れなかったことを」

「…………っ。なぜ……」

顔を歪《ゆが》めるイライザ先生に、黒雨の魔女は冷ややかに微笑する。

「なぜ分かるのか、じゃと？　忘れたのか？　あのとき、そなたの魂に囁《ささや》いて大いなる力を授けたのは……」

「ちょっと！」

ひやりとしたアリシアは、黒雨の魔女の袖を引いて咎《とが》めた。黒雨の魔女はしゃべりすぎたことに気づいたらしく、しまったという顔をして口をつぐむ。どうやらこの魔女は結構な粗忽者《そこつもの》らしい。

イライザ先生はますます疑惑の色を深めるが、咳払いして授業を続ける。

「正解です。一般的に、防御に用いられるのは魔法結界ですが、必ずしも結界魔術が得意属性の魔術師ばかりではありません。自らの苦手属性で命を守るのは、あまりに心許ない。よって、格上の敵と対峙《たいじ》する際は、得意属性を結界代わりに使うことをお勧めします」

「わたくしの場合は……風魔術で防御するということですの？」

ジャネットが尋ねると、イライザ先生はうなずく。

「攻撃は最大の防御とも言いますから。相手の庭で戦うのではなく、相手を自分の庭に引きずり込むのです」

「なるほどー………」

フェリスは目をまん丸にして、全身で先生の話を聞いている。普段は直感で――というより、恐怖に駆られて無我夢中で――戦っているが、こうやって学校で体系的な戦闘手法を教授してもらうと、新たな発見がある。

「私の場合は、闇魔術ですね。お手本を見せましょう」

イライザ先生は教鞭《きょうべん》を振り上げ、よく通る声で言霊を唱える。

「黒玉の闇よ、群雲の帳《とばり》よ。我に仇《あだ》なす力を貫き、あまねく粉塵《ふんじん》と化せ――ダーク・フォートレス」

教鞭を中心に魔法陣が展開され、漏斗状に湾曲した。格子の一つ一つから漆黒の円錐が生み出され、イライザ先生の周囲を回転し始める。棘《とげ》が等間隔に並び、全方位を覆っていく。その様は、まさに。

「栗ですー！　おいしそーですー！」

フェリスは歓喜の声を上げた。

「そのたとえはやめなさい。学生時代、ミランダにさんざん栗とからかわれて鬱陶しかったのです」

イライザ先生は顔をしかめるが、ミランダ隊長はイライザ先生を慕っているのだから、悪意を持ってからかったわけではないだろう。

「転入生。私に全力で攻撃してみなさい」

「よいのか？　死ぬかもしれんぞ？」

イライザ先生の言葉に、黒雨の魔女は真顔で尋ねた。

「生徒の攻撃で死ぬほど脆《もろ》くはありません。全力でなければこの防御手法の有効性を実証できませんから、遠慮は要りませんよ」

「ふむ……若人にしてはなかなか骨のある奴じゃ」

「生徒に若人呼ばわりされる筋合いはありません」

「くく……後で恨み言を言うでないぞ？」

二人の会話にアリシアは肝を冷やす。素で話しすぎる黒雨の魔女には、もう少し演技というものを学んでから入学してほしかった。アリシアは魔女に小声で念を押す。

「分かってくれているといいんだけど……瘴気《しょうき》で直接攻撃したらダメよ？　さすがに正体に気づかれるから。普通の魔術師は言霊を使って魔術を行使するの」

とはいえ、フェリスも言霊なしで魔導を濫用していたし、テテルも体に強化魔術が刻まれているので言霊なしで戦うし、周りは普通ではない魔術師だらけなのだが。

「分かっておる。わらわとて、瘴気を使うようになったのはヨハンナが死んでからじゃ。人を捨てる前は、そこの教師と同じく闇魔術の使い手だった」

「ちゃんと杖も使ってね」

アリシアは黒雨の魔女が教室に置きっぱなしにしていた杖――入学時に校長が与えたもの――を差し出す。そんなアリシアを黒雨の魔女はしげしげと眺める。

「そなた、世話焼きじゃのう。まるで、あやつのような……」

首を振り、杖を受け取ってイライザ先生の方へ歩いていく。どことなく、侘《わび》しそうな後ろ姿だった。張り伸ばした背は凜々《りり》しいのに、その凜々しさこそが、彼女を孤独に見せていた。フェリスは胸の奥がきゅっと引き絞られるのを感じて、胸元を握り締める。

黒雨の魔女は杖を左手で持って掲げるや、言霊を唱えた。

「さあ聞かせん、絶滅の音階を。戦慄せよ、薄明の群衆よ。闇は闇に呑まれ、蒼空《そうくう》を終焉《しゅうえん》に染める。我が名は漆黒──常闇の支配者《ダークエスト・ルーラー》」

黒雨の魔女の足元に、大きな魔法陣が広がった。戦闘訓練場の地面がどろどろと溶け、闇の湖となる。沸き立つ水面からせり上がってくるのは、巨大な闇黒の人形《ヒトガタ》。大顎から真っ黒な粘液を溢《あふ》れさせて起き上がり、海鳴りのような咆哮《ほうこう》を響かせる。

「ひゃ────!? 耳が痛いですっ!」

「な、なんなんですの、この魔術は……」

フェリスとジャネットは手で耳を押さえる。魔法学校の教本には決して記されていない。恐らくは古の、あるいは黒雨の魔女だけの魔術。

魔女が杖を振り下ろすと、人形《ヒトガタ》の体から大きな腕が伸びた。痙攣《けいれん》しながら膨張し、紫の禍々《まがまが》しい火花を散らして、イライザ先生の防御陣に拳を叩《たた》きつける。

先生を守る円錐が拳に集中し、弾き飛ばすと同時に消滅する。すぐに新たな円錐が多数発生し、拳を迎撃する。人形《ヒトガタ》は防御陣に鋭い爪を食い込ませ、円錐を剥ぎ取ろうとする。侵入した爪の表面に大量の棘《とげ》が生え、イライザ先生に迫っていく。

それは戦闘訓練というよりも、絶望の戦場で闇が人を捕食しようとしているかのようで。イライザ先生の額にも苦悶《くもん》の汗が浮かぶ。

「も、もうダメですーっ！」

フェリスは慌てて黒雨の魔女を止めた。

なかなか学校に馴染《なじ》めない黒雨の魔女に振り回されて午前が終わり、昼休みになった。戦闘訓練用の服から制服に着替えた生徒たちが、足取りも軽く廊下を歩いている。闇の衝突から逃れた皆の解放感はひとしおだ。

「ごはんですー！　今日はなにを食べましょー？」

浮き浮きするフェリスに、ジャネットが気後れがちに告げる。

「お、お弁当を作ってきたのですけれど、よかったら召し上がりません？」

「おべんとですかっ!?　あ、でも……わたしが食べちゃっていいんですか……？」

フェリスは心配そうに尋ねる。

「ええ！　フェリスに味見してもらって感想が欲しいんですの。感想のお仕事ですわ！」

「わたし、感想ならいくらでも言えます！　頑張ります！」

だが『美味しい』以外の感想は得られないのではないかと危惧するアリシアである。魔石鉱山でかびたパンを食べて暮らしていたフェリスのこと、文明社会で与えられるものはだいたい美味しく感じられてしまうのも必然だ。

フェリス、ジャネット、アリシア、テテル、黒雨の魔女の五人は連れ立って教室に入る。昼休みの教室は、学生食堂に向かう生徒たちや、お弁当を広げる生徒たちで賑《にぎ》わっていた。

寄宿制である魔法学校の人々はとにかく仲が良い。幼い頃から共に生活しているので、学友というより幼馴染《おさななじ》みや家族の感覚が強い。フェリスや黒雨の魔女のような転入生も新たな刺激として大歓迎される。

フェリスが期待に胸を高鳴らせて席に座り、足をぶらぶらさせながら待っていると、ジャネットが大きなバスケットを持ってきて机にどんと置いた。

「どうぞ召し上がれ！　ラインツリッヒ家のメイド長直伝ですわ！」

開いたバスケットの中には、サンドイッチが蓋の辺りまでみっちりと詰まっている。少なくとも五十個ぐらいは積載されている。

「ふあっ……」

フェリスは目をぱちくりさせた。

「作りすぎじゃないかしら？　クラス全員分？」

「フェリスの分ですわ！」

「さすがは女王、食欲も桁外れというわけじゃな」

　感心する黒雨の魔女。

「が、がんばります……」

　フェリスは震えている。さすがに一人で食べきれる量ではないと思うのだが、せっかくの厚意をむげにするわけにもいかない。命懸けで完食する覚悟だった。

「えー、あたしも食べたーい！　ジャネットの料理、すっごくおいしーもん！」

　テテルが机に手を突いて駄々をこねる。ジャネットは頬を赤らめた。

「ま、まあ、別に構いませんけれど？　フェリスがいいと言うのでしたら」

「おねがいします!!」

　即答のフェリス。アリシアがジャネットの袖をつつく。

「私も食べたいわ。私の作ってきたサンドイッチと交換しましょう」

「断固お断りですわ！」

「ただもらうだけというのも悪いし」

「わたくしを毒殺した方が悪いですわ！」

「じゃあ寝ているジャネットの口に入れておくわね」

「わたくしはもう一生眠りませんわ——!!」

ジャネットは縮み上がった。アリシアのことは昔から好敵手《ライバル》だと認識していたのだが、ひょっとしたら好敵手《ライバル》どころか本当の敵なのかもしれない、ラインツリッヒを狙う暗殺者なのかもしれないと疑念に囚われる。

「あのっ、せっかくですし、みんなでおべんと持ってピクニックしませんか?」

「いいですわね! 昼休み中に帰って来られるか分かりませんけれど、フェリスが望むなら学校をさぼるのも致し方ありませんわ!」

「さ、さぼりじゃないです! 学校の中に、素敵な場所があったんです! 魔女さんも……どうですか?」

フェリスがおずおずと見上げると、黒雨の魔女はうなずく。

「この体は瘴気《しょうき》でこしらえた仮初めの肉体ゆえ、必ずしも食事を取る必要はないが……味わうことはできる。ここにいても暇だし、馳走になろうぞ」

「ふふん、美味しすぎて霊体ごと消滅してしまっても知りませんわよ?」

ジャネットは肩をそびやかす。

ピクニックの道案内という大役を任され、フェリスは張り切って出発する。友人たちを引き連れ、校舎を出て外庭へ。あちこちで生徒たちがランチを楽しんでいるのを横目に、戦闘訓練場の脇を通り過ぎる。

森の方へ向かうと、広々とした薔薇園《ばらえん》があった。手入れもされていないのに色とりどりの花が一年中咲き誇っている、魔法の庭園。甘い香りに混じって、濃密な魔力が漂っている。戦闘訓練で魔力を使いすぎた生徒たちが回復のために立ち寄ることもあるパワースポットだ。

「これは見事な庭園じゃのう。どこの魔術師が造ったのじゃ？」

「えと……どこ……でしょう？」

フェリスはアリシアに助けを求めた。

「はっきりは分かっていないわ。先々代の校長の趣味が魔法農業だったとか、古代の魔法種族が遺した種が殖えたとか、実は一匹の魔法生物の体の一部だとか、何百年も前から地面に強大な魔術師の死体が埋まってて養分になってるとか、いろいろ噂《うわさ》されてるけれど」

「ふえ!? 死んでる人が埋まってるのは怖いです！　生きててほしいです！」

「生きてる人が埋まってる方が怖いと思うわ」

しかも何百年もである。アリシアは身震いした。

「掘り出してみたら分かるよ！　掘り出そうよ！」

テテルはさっそく犬のように手で地面を掘り始める。道具も使っていないのに、その勢いたるや凄まじく、あっという間に穴が広がっていく。

「やめてくださいまし！　世の中には知らない方がいいこともあるのですわ！」

ジャネットは慌ててテテルを止める。

「ピクニックはここでやるのか？」

「いえっ、ここも素敵なんですけど、もっと素敵なところを見つけたんです！」

フェリスは薔薇《ばら》の茂みにちょこまかと歩み寄ると、地面に近い花に手を触れた。すると、フェリスの手を避けるように茂みが左右に分かれ、小さなトンネルができる。

「まあ……」

「この薔薇、動くんですの……!?」

目を丸くするアリシアとジャネット。魔法の庭園については様々な噂《うわさ》や怪談が行き交っているが、薔薇が動くなんて話は聞いたことがない。

以前、ガデルの村で魔法結界がフェリスの手を避けて開いたときに様子が似ているし、ひょっとしたらこの薔薇の茂みも結界なのかもしれない、とアリシアは考える。

だとしたら、結界に守られているのはいったいなんなのだろうか。気軽に開いてしまって大丈夫なのだろうか。アリシアは少し心配になった。とはいえ、楽しいピクニックの空気を台無しにしたくはないので、追及するのは控えておく。

フェリスがトンネルに潜り込み、ジャネット、アリシア、テテル、黒雨の魔女の順で後に続く。地面はやわらかい草に覆われていて、膝や手の平が痛くなることもない。名も知らぬリスのような生き物が、足元をちょろちょろと走っていく。

茂みのトンネルを抜けると、開けた空間に出た。全方向を薔薇に囲まれた広場。頭上から鮮やかな青空が見下ろしている。七色の鳥が花蜜を吸っては軽やかに飛び、輝く鱗粉《りんぷん》を散らしている。

「なんと………」

夢のように美しい光景に、黒雨の魔女が目を見張った。

「素晴らしいですわ……」

「いいにおーい……」

とろけるように甘い空気を、少女たちは胸いっぱいに吸い込む。秀麗な彫刻と見紛うほどの花々が、どこを向いても視界に飛び込んできて、五感を贅沢に楽しませてくれる。

ただ、アリシアは広場の中央にそびえ立つ物体が、気になって仕方なかった。

建物もないのに、そこには石の扉が屹立《きつりつ》し、鎖で幾重にも縛られている。扉は随分古いものらしく風化し、所々に苔《こけ》むしている。皆は無邪気にはしゃいでいるが、アリシアはその扉の異様さに息を呑み、金縛りに遭ったかのように立ち尽くす。

だって、おかしいのだ。これほど濃厚な魔力に満たされた庭園にあって、この扉だけが一切の魔力を感じさせないのは。あたかも、すべての力と空間が、扉によって完全に遮断されているかのように。

「なるほど、ここはそういう場所か」

アリシアの困惑に気づいたのか、黒雨の魔女が扉を眺めてつぶやいた。

「……どういう場所なのかしら」

「いや。フェリスがこの魔法学校に導かれたのも必然だと思っただけじゃ」

「フェリスに関係のあるものなの？」

「本人に聞けばよかろう」

「…………………」

そう言われても、多分フェリスはなにも知らないだろう。たとえ知っていたとしても、無闇にやぶ蛇をつついてフェリスを刺激することに、アリシアは抵抗があった。思い出さなくてもいいことを、思い出してしまうかもしれない。そんな予感。

「なんだか不思議なドアですー。縛られてるの可哀想ですし、鎖外してあげたいですっ」

「待って！」

鎖に近づこうとするフェリスを、アリシアは腕の中に抱きすくめた。フェリスはきょとんとアリシアを見上げる。

「どしたんですか、アリシアさん？」

「ううん、なんでもないの。手が汚れるから、食事の前に変なものを触っちゃダメよ」

「はーい！」

にこにこと笑うフェリス。アリシアの心臓はばくばく鳴っている。なぜここまでフェリスを扉に接近させたくないのか、自分でも分からない。だが、決して触れないようにと後で注意しておかなければいけないと思った。

アリシアの不安をよそに、少女たちは草の上にハンカチを敷いてピクニックを始めた。

ジャネットがバスケットの蓋を開け、みんな揃《そろ》ってサンドイッチを手に取る。下地にトリュフバターを塗ってローススハムと黒スグリを挟んだ特製だ。

「いただきまーす！」

サンドイッチをぱくつくフェリス。ソフトな感触と共に、ロースハムの滋味が口の中に広がる。まったりとしたトリュフバターが芳しい香気を加え、黒スグリが爽やかなアクセントになっている。フェリスの瞳が星のようにきらめいた。

「ふあああああ……おいひーです――――ジャネットさんは料理の天才です――――っ！」

「ま、まあっ、天才だなんて、そんなっ」

ジャネットは赤い頬を手の平で抱えて照れる。

「本当に美味しいわね。私とは比べ物にならないわ」

「アリシアと比べないでくださいまし！　全世界の料理人に失礼ですわ！」

真剣に考え込むアリシア。

「私の料理とどこかが違うのよね……どこが違うのかしら……」

「なにもかもが違いますわ！」

ジャネットはどうやったらあそこまで異常な味を実現できるのか理解できない。完成度はともかくとして、レシピ通りに作れば大抵のものは無難に仕上がるはずなのだ。

「あー、急におなかすいてきた！　珍しくすいてきた！　全部食べていい⁉」

「全部は困りますわ！　というかハバラスカさんはいつも空腹ですわよね⁉」

大事な食糧を丸ごとかっさらおうとするテテルからジャネットはバスケットを守る。せめてフェリスがお腹いっぱいになるまでは守り抜かねばならない。

黒雨の魔女は上品にサンドイッチをかじる。

「うむ……よいな。冴《さ》えない奴にも、一つぐらいは取り得があるものじゃのう」

「冴えないってわたくしのことではございませんわよね⁉」

取り得だらけだと自負しているジャネットは確認しておく。魔法学校での成績は優秀だし、なによりラインツリッヒはバステナ王国で五指に入る大貴族だ。冴えないなんて評価を見逃すわけにはいかない。

黒雨の魔女は賑《にぎ》やかな少女たち、そして美しい薔薇園《ばらえん》に目を注いで、ささやく。

「これが……学校、か」

噛《か》み締めるような、どこか泣き出しそうな、言葉だった。

「学校、気に入ってもらえましたか？」

フェリスは魔女のそばに手を突いて顔を見上げる。

「……ああ。学校とやらに通うのは初めてじゃが、悪くない。呆《あき》れるほどに平和で、くだらなくて、それが愛おしい。ヨハンナと一緒にこういう生活を送れたら……よかったな」

庭園の広場が、静まりかえる。

かつて黒雨の魔女が認め、隷属戦争の引き金となった少女、ヨハンナ。その少女に対する魔女の想いは、永い歳月を超えて抱き続けた感情は、どんなものだったのだろう。アリシアは聞いてみたいと思うけれど、聞いてよいのか分からない。それは闇を封じ込めた蓋を開いてしまうような行為なのかもしれない。

躊躇《ちゅうちょ》する少女たちだが、フェリスはあえて踏み込む。

「ヨハンナさんのこと、わたしも知りたいです。どういう人だったんですか？」

「ちょっと、フェリス……」

ひやりとするアリシア。黒雨の魔女は聞き返す。

「なぜ知りたがる」

「わたし、魔女さんのこと、大好きですから。魔女さんの大好きな人のことも、教えてほしいです」

「…………っ」

開けっ放しなフェリスの好意に、魔女の瞳が揺れる。サンドイッチを膝に置いて、小さな吐息をつく。

「……面白いな、そなたは。過去ではなく、現在として話すか。『向こう側』への鍵を持つ女王だけのことはある。女王にとっては、生も死も変わらぬということか」

「……？　死んじゃうのは、悲しいですけど……」

フェリスは目をぱちくりさせた。黒雨の魔女はためらいながらも昔話をする。

「ヨハンナは……そうじゃな。途方もなく能天気で、途方もなく優しい娘じゃった。村を捨てた逃亡生活すら楽しみ、わらわと二人で旅ができるのを喜んでいた」

身を乗り出す少女たち。かつて国家の三分の一を滅ぼしたといわれる魔女自身の昔話は、後世の伝聞にすぎぬ魔術史学の授業よりも興味深い。

「村、捨てちゃったんですか？」

「わらわがヨハンナの村に隠れたままでは、村ごと戦火に沈む恐れがあったゆえな。わらわが村を去ろうとしたら、ヨハンナが無理やりについてきた。二度と戻れぬかもしれぬのに……二度と戻ることはできなかったのに」

黒雨の魔女は手をきつく握り締める。元より白い手がさらに血の気を失い、月の光のように澄み通って見える。

「でも、ヨハンナさんの気持ちは分かりますわ。わたくしも、もし……」

フェリスが魔法学校から追い出されるようなことになったら、なにがなんでも共に行くだろう、とジャネットは思う。ヨハンナにとって、黒雨の魔女はそれほどまでに大切な存在だったのだ。

「あやつは誰とでもすぐに打ち解ける性格での。行く先々で見知らぬ人間が宿を貸してくれることはしょっちゅうじゃった。食べ物もヨハンナがどこからか見つけてきて、わらわに分けてくれた。魔力こそなかったが、生活力はわらわと比ぶべくもなかった」

「魔女さん……」

黒雨の魔女の口調には、思慕が色濃く滲《にじ》んでいる。はっきりとは口に出さなくとも、魔女がヨハンナを愛していたのは明白だった。

「逢いたい、な」

黒雨の魔女は、遠い蒼空《あおぞら》に手の平をかざしてつぶやく。その華奢《きゃしゃ》な手は国々をもぎ取るほどに強力なのに、決して空には届かず、たった一人の少女にも届かない。

テテルが珍しく神妙な顔で尋ねる。

「黒雨の魔女みたいに、幽霊になってさまよってたりはしないのかな」

「わらわもそう思って世界中を探してみた。だが、見つからなかった。とっくにあやつは生まれ変わっておるだろうし、わらわは死ねない体になってしまった」

「生まれ変わったヨハンナを探してみたら？」

「たとえ転生体に再会しても、わらわのことは覚えておらぬよ。わらわだけが覚えているなぞ、苦しいだけじゃ」

寂しげな魔女の姿に、少女たちは胸が締めつけられるのを感じる。そこにいるのは、大災厄を引き起こした恐怖の権化ではない。愛する者を喪《うしな》って打ちのめされた、一人の女の子だ。

フェリスは泣きながら黒雨の魔女にしがみつく。

「わ、わたしは魔女さんのお友達ですからっ。ヨハンナさんの代わりにはなれませんけどっ、魔女さんのそばにいますからっ！」

「そ、そうですわ！　隠れ家が要るときは、ラインツリッヒ家の屋敷に泊まるといいですわっ！　魔術師団だってなんだって動かしますわ！」

ジャネットも号泣している。黒雨の魔女は弱々しく微笑《ほほえ》んだ。

「なぜそなたらが泣くのじゃ。バカな連中じゃのう」

「バカって言う方がバカなんですわ！　わたくしはバカではありませんわ！」

ジャネットは涙を拭《ぬぐ》って反論する。

「いいや、バカじゃ。そなたらのようにバカな連中、ヨハンナにも見せてやりたかった。そうしたらあやつも、安心できたじゃろうに」

黒雨の魔女の双眸《そうぼう》もうっすらと濡《ぬ》れている。もはや魔女のことを怖れている者は周囲に誰もいなかった。ジャネットはサンドイッチをバスケットごと魔女に突き出す。

「ほ、ほらっ、まだサンドイッチはたくさんありますわよ！　味もいろいろあるんですの！　どんどん召し上がってくださいまし！」

「魔女さんのお話、もっともっと聞きたいです！」

寄り添う少女たちから、黒雨の魔女は視線をそらす。居心地悪そうに身をよじり、ぽつりと。

「呼び方」

「ふえ？」

「その……魔女さん、というのはなんなのじゃ。人に名を呼ばせたことは、あれから何千年もなかったが、いつまでも黒雨の魔女ではまどろっこしい。レインと呼べ」

不機嫌そうに唇を尖《とが》らせつつも、魔女の頬には赤味が差している。

「もしかして……恥ずかしがってる？」

目を丸くするテテル。

「そういう顔もするのね」

くすりと笑うアリシア。フェリスは魔女に飛びついた。

「ありがとうございますっ！　うれしーですっ！　レインさん！　レインさん！　レインさんっ！」

「や、やかましい！　そう何度も呼ぶなっ!!」

魔女は怒鳴るが、少女たちは止まらない。ちょっとイジワルな表情で、けれど最大の親愛を込めて、口々に呼ぶ。

「よろしくね、レイン!」

「レインさん」

「レ、レインさん」

「レインさんっ!」

「くう………」

羞恥に唇を噛《か》む魔女に、少女たちが身を寄せる。秘密の花園の奥深く、数え切れないほどの美しい薔薇《ばら》に囲まれながら、互いの息吹と鼓動を感じる。魔女とはいろいろなことがあったけれど、今ばかりはすべてが些細《ささい》に思える。

黒雨の魔女──レインは小声でつぶやいた。

「ヨハンナ……この時代は、温かいな。わらわたちも、もっと遅く生まれていれば……」

魔法学校のあちらこちらから、トンカントンカンと金づちの音が聞こえる。

もうすっかり日は暮れているが、生徒たちは寮に帰る気配もない。ヴァルプルギスの夜に向けての準備に熱中しているのだ。廊下には、飾り付けをしたり、資材を運んだりする生徒たちが駆け回っている。

待ちに待った大きなお祭りともあり、みんな浮き足立っているせいで、校内は混沌《こんとん》に満ちている。魔法の壺を抱えて走っていた生徒が転んで中のエクトプラズムが溢《あふ》れ出したり、それを浴びた生徒が奇声を上げながら外庭へ飛び出したり、仰天して飛び退《の》いた生徒が籠の魔法生物を逃がしてしまったりと騒がしい。

ミドルクラスAでは教室全体を使ってお化け屋敷への改造が進んでおり、フェリス、アリシア、ジャネット、テテルの四人は、割り当てられた一角の作業に精を出していた。光が窓から射し込まないよう、何重にも木の板を貼りつけて目張りもする。

魔術は得意だが力仕事は苦手なアリシアとジャネットは、釘《くぎ》を壁に打ちつけてもなかなか刺さらず困っている。フェリスは小っちゃすぎて木の板を抱えるのもままならない。一人で十人分の仕事をこなしているのは、肉体派のテテルだ。

ロッテ先生が教卓に頬杖を突いて物思いに耽《ふけ》る。

「はぁ～、思い出すなぁ。学生の頃、イライザ先生と一緒に本格的なお化け屋敷を作って、お客さんたちを震え上がらせたときのこと。あのときはヴァルプルギスの夜の最恐《さいきょう》賞を先生のクラスが……」

「大昔の話は後にしてくださいませんこと!?」

昔語りに気を取られて金づちで指を叩《たた》いてしまい、ジャネットは悲鳴を上げる。

「大昔じゃないよ、ついこのあいだだよ！」

ロッテ先生は熱心に主張した。

「何年前ですか？」

尋ねるフェリス。

「えっと……何年前だっけ……ひぃふぅみぃ、待って。やっぱり正確に数えさせるのは待って。お化け屋敷より怖くなるから」

アリシアが優しく微笑《ほほえ》む。

「大丈夫ですよ、気持ちだけはずっとあの頃のままなんでしょう？　だったら、きっと大丈夫ですから」

「あの頃のままではあるんだけどその気遣いがつらいなぁー」

ロッテ先生は教室の片隅に座り込んで頭を抱えた。

「よ、よしよーし……」

フェリスがおっかなびっくりロッテ先生の頭を撫《な》でる。

「うぅ……生徒に慰められる担任って……」

驚きの心地よさに、ロッテ先生はずっと身を委ねていたくなるが、そんな自分が情けない。フェリスの若さを少しでいいから分けてほしい。できれば当時まで時間を巻き戻したい気持ちだ。

「と、とにかく！　お化け屋敷に出し物が決まったからには、最恐賞ぐらい獲れるよう頑張ること！」

「最恐賞ってなんですか？」

首を傾げるフェリスに、アリシアが教える。

「ヴァルプルギスの夜には、それぞれの出し物に投票していろんな一番を決めるコンテストがあるの。ヴァルプルギスは魔女のお祭りだから、一番怖い出し物に与えられる最恐賞が、特に名誉な賞だとされているわ」

ジャネットは両腕を抱き締めて身震いする。

「め、名誉なんかじゃありませんわ……悪魔の賞ですわ……。今からでも遅くはございませんから、他の出し物に変えません？」

「遅いよ！　もうだいぶ準備進んじゃってるよ！」

呆《あき》れるテテル。

「ジャネットちゃんはそろそろ諦めなさい」

担任からもため息をつかれるが、ジャネットは凜《りん》と背を伸ばして宣言する。

「諦めませんわ！　このジャネット・ラインツリッヒたるもの、どんな状況になろうと、家名に懸けて最後まで諦めませんわ────っ！」

「ジャネットさん、かっこいーですー！」

「かっこいい……のかしら」

アリシアには分からなかった。言っている内容はともかくとして、堂々たる立ち姿だけは格好良かった。魔法学校で一位二位を争うほど見目麗しいのに、残念な少女である。

ロッテ先生が告げる。

「まあそういうわけだから。出し物にはクラスの名誉がかかってるの。成績に関係ないからって、手抜きはダメだよー？」

「がんばりますっ!!」

うなずくフェリス。

「じゃあ、先生はちょっと自分と見つめ合ってくるよ。あぁ……若さ……若さがほしい……」

うわごとのようにつぶやきながら、ロッテ先生はふらふらと廊下へさまよい出ていく。見た目は完全に十二歳の少女なので、少し不思議な光景だ。

フェリスたちは額を寄せ合って思案する。

「最恐賞……今のままじゃ獲れないわよね。他のクラスも担任の意地がかかってるから、本気を出してきそうだし」

教師は大半が魔法学校の卒業生だから、学生時代のライバル意識を残している者が多く、良きにつけ悪しきにつけ対抗しがちだ。

ジャネットは青い顔で縮こまる。

「そんな本気で賞を狙わなくて構いませんわ！　初心者にも優しい、明るく朗らかな雰囲気のお化け屋敷がいいですわ！」

「それはお化け屋敷ではないと思うわ。ジャネットったら、よっぽどお化けが苦手なのね」

「ににに苦手とは失礼ですわね！　わたくしはまったく！　苦手などでは！　ございませんわ！　むしろお化けが大好物ですわ！」

「ジャネットってお化け食べられるの⁉」

「好き嫌いがないのは良い子です！」

驚くテテル、感心するフェリス。

「そういう意味じゃありませんわ！　お化けくらい、このわたくしにかかればちょちょいのちょいってことですわ！」

「ちょいちょいのちょい……？」

聞き慣れぬ言葉にフェリスは小首を傾げる。

「じゃあ最高に怖いお化け屋敷を作らないとね」

「え、ええ！　当然ですわあぅぅ…………」

澄ました顔のアリシアにはめられ、ジャネットはうなだれる。幼い頃からライバルを自認しているものの、いつもアリシアには手玉に取られている気がする。

テテルが提案する。

「最恐賞を狙うなら、やっぱりアレじゃない？　あちこちから虫を集めてきて、お化け屋敷いっぱいに百万匹ぐらい放すとか？」

「いいですね！」

「よくないわ！」「よくありませんわ！」

アリシアとジャネットが全力で反対した。

「えー？　なんでー？　バステナって、虫が怖い人が多いんでしょー？」

ちなみにテテルは虫が盛りだくさんのラドル山脈で育ったので、怖いどころか虫も友達である。

「怖すぎるからいけないのですわ！　店側がトラウマで寝込みますわ！」

「怖さの方向性もまったく違うわね……本当にやめましょう」

アリシアは真顔だった。これればかりはいかなる代償を払っても止めなければならぬとの覚悟を決めていた。

テテルはほっぺたを膨らませる。

「じゃー、どうしたらいいのさー？　みんなもアイディア出してよー」

フェリスは一生懸命考える。

「えーと、えーと……。あちこちからイライザ先生を集めてきて、お化け屋敷いっぱいに百万人ぐらい放すとか、でしょうか……？」

「お客さんが入るスペースがなくなりそうだよ？」

「あ……イライザ先生を小っちゃくすれば、なんとか……」

「まずイライザ先生は百万人いないわよね？」

「そうでした！」

痛恨のミスだった。

「フェリスが魔術で増やしたらいいんじゃないかな？」

「なるほどです！　方法調べてみます！」

「待ちなさい」

アリシアは肝を冷やして止めに入る。そう簡単に人間を増殖させる魔術はないはずだが、フェリスならなんとかしてしまいそうで恐ろしい。いたいけな十歳の少女に、禁呪に手を出させてはならない。

話し合うフェリスたちの様子を、黒雨の魔女――レインはあくびをしながら眺める。さっきからお化け屋敷の設営を手伝うこともなく、退屈そうにしている。

「熱心じゃのう。そのようなことをしても、たいした意味はなかろうに」

「意味……ですか？」

フェリスは目を瞬いた。

「ただのお遊びにすぎぬだろうと言っておるのじゃ。特にフェリス、そなたは人間のくだらぬお遊戯に付き合う義理はないし、得もない」

「得とか、よく分かりませんけど……お化け屋敷って、みなさん怖がるために来るんですよね！　それが楽しみなんですよね？」

「どうしてわざわざ怖がりたいのか理解できませんけれど、そうですわね……」

ジャネットは己の墓を掘る殉教者の表情だった。お化け屋敷などといった呪わしい施設を構築するのは真っ平ごめんだけれど、ラインツリッヒの息女が学校行事をさぼるわけにもいかない。

「わたし、お化け屋敷に来てくれた人をいっぱい驚かせて、楽しんでいってほしいです！　ニコニコして帰ってほしいんですっ！　せっかくのお祭りですから！」

「器とはいえ、呑気《のんき》じゃのう」

フェリスはレインの手を熱心に握り締める。

「レインさんとも、ヴァルプルギスの夜を楽しみたいです！」

「わらわと……？」

「レインさん、学校は初めてなんですよね？」

「うむ。わらわの時代も学校はあったが、わらわはとても通えるような状況ではなかった」

「わたしも、学校は初めてなんです。学校のお祭りっていうのも初めてで。だから、レインさんと一緒に、いーっぱい楽しみたいです。一緒に最高のお化け屋敷にして、この世界の思い出、たくさん作りたいですっ！」

この世界、という表現に、アリシアは違和感を覚えた。それはまるで、他の世界の存在を想定しているようではないか。

フェリスの様子は普段と変わらず、他意なく無意識に発した言葉に聞こえた。でも、だからこそ、アリシアは気になってしまう。単なる言葉の綾だと自分を納得させようとしても、上手くいかない。

「まあ……人を怖がらせるのは、わらわの十八番《おはこ》ではあるがのう」

「鬼畜外道の所業ですわ！」

ジャネットはいつ怖がらせられても驚かなくて済むように身構えた。ちなみに身構えるとは、目をつぶって縮こまるという体勢である。

「レインさんに手伝ってもらえれば、すごいお化け屋敷ができるんじゃないかなって思うんです。レインさんのお化け、すごく怖かったですし！」

「む？　カースドアイテムのことか？」

「はいっ！」

「それならわらわの瘴気《しょうき》でいくらでも作れるが……」

ジャネットが跳び上がる。

「魔法学校を潰すつもりですの!?」

「潰しませんようっ！　レインさんにお化けを操ってお客さんを怖がらせてほしいだけです！　お化けもレインさんの言うことは聞くと思いますし！」

レインはため息をつく。

「まったく、魔女使いの荒い。やはり女王はその姿でも女王というわけか」

「だめですか……？」

フェリスは心配そうにレインを見上げた。

「ふむ……では、そなたの命を半分もらえれば引き受けよう」

「半分こですね！　分かりました！」

「フェリス、分かっちゃいけないわ」

アリシアは急いで止めた。

「どしてですか？　おやつも半分こが楽しいです！」

「命は半分こにしちゃいけないの。大事に取っておきましょうね」

「………？」

優しく言い聞かせられても、フェリスはよく分からない顔をしている。いつ悪魔の契約に根こそぎ魂を持って行かれてしまうか危なっかしい。

レインは肩をすくめて笑った。

「どのみち、わらわは命なんぞ要らぬがな。もう死んでおるし、魔力も足りておる。浮世のちょっとした暇つぶしじゃ、付き合ってやっても構わぬ」

「つ、付き合う!?　それって結婚するってことですの!?」

「いろいろすっ飛ばしすぎじゃない？」

仰天するジャネットに、呆《あき》れるテテル。

「ありがとうございます、レインさん！」

「クラスのみんなになんて説明したらいいのかしら……」

アリシアは頭をひねる。カースドアイテムが人の命令に従う時点で異常なのだ。レインの正体を勘繰られないとも限らない。フェリスがカースドアイテムを持ち込めば、『まあフェリスちゃんだしね』でなんでも納得してもらえそうな気もするが。

「ただ、カースドアイテムを作るには良い素材が要る。その辺のヌイグルミや樽《たる》で適当に作れるわけではないのじゃ」

「どういう素材がいいの？」

テテルが尋ねた。

「わらわの闇に反応して勝手に動き出すような、いや、動き出したくても動けなかった業の深い存在がようやく力を得て解放されるような、念のこもった古い道具が理想的じゃ」

「校長先生の靴下とか？」

「念はこもっておるかもしれぬが使いたくはないのう」

レインは怖気を震った。

「骨董品ってことかしら？　うちの屋敷からいくつか送ってもらうという手もあるけど、時間がかかりそうね……」

「わたくしの屋敷にも、代々の当主が集めた貴重な芸術品がありますけれど……」

気乗りしない口調ながらもジャネットが告げる。

「値段の問題ではないのじゃ。ただの石ころでも、それを使って百人が殺されていれば強力なカースドアイテムになる。研究者の情念が染み込んだペンなどでもよい。基本的に、古ければ古いほど、魔術にまつわればまつわるほど、良い素材となる」

テテルがぽんと手を叩《たた》く。

「あ！　そういえば！　あたし、古い道具がたくさん置いてあるとこ知ってるよ！」

「どこですかっ？」

「学校の裏！」

「学校の裏……？」

フェリスは小首を傾げた。

校舎の裏手にでも連れて行かれるのかと思った少女たちだったが、テテルが壁の穴をくぐって案内した場所は、皆の想像を超えていた。

それは、教室と教室の隙間に潜んだ、裏の空間。端が見えぬほどの広大な薄闇に、太い木の柱が渡されている。柱のあいだに張った、虹色の蜘蛛《くも》の巣。その中央に陣地を構えているのは、蜘蛛ではなく色鮮やかな蝶だ。

蛇腹のような階段が幾つも並び、伸びたり縮んだりしている。分厚い埃《ほこり》を被った片隅には老人の彫像がたたずみ、目玉をきょろきょろと動かしている。

彫像だけではなく、天井にぶら下がった絵からピアノの演奏が流れていたり、木製のカエルが跳ねながら水を吹き出していたりする。

「ふぁ……不思議なところです……」

「魔法学校に……こんな場所があったのね……」

少女たちは目を丸くして歩く。さすがは王国の歴史と同じくらい古いといわれる魔法学校。長年通っていても全貌を知り尽くすのは難しい。

「なるほど、なかなか念のこもった古道具が眠っていそうじゃのう」

レインの声も微《かす》かに弾んでいる。

「前、全力で廊下を走ってたとき、壁に激突してめり込んじゃってさ。奥に空洞があるの見つけたんだよね。で、たまに中で焼き芋したりしてたの！」

「部屋の中で焼かないでくださいまし……」

ジャネットは他の少女たちの背中にくっつくようにして、恐る恐る進んでいる。『裏側』に足を踏み入れてからというもの、顔も青ざめている。

アリシアは優しく尋ねた。

「どうしたの、ジャネット。怖いの？」

「き、危険を感じているだけですわ！　やけに魔力の気配が濃いですし、変な物音が聞こえますし、いかにも幽霊が出そうな……」

「あ、幽霊なら結構いるよ。ほら、ジャネットの後ろにも」

テテルが指差し、ジャネットが振り返ると。手乗りサイズの小さなお化けが、魚のヒレのような手を一生懸命動かし、ジャネットの方へ飛んできているところだった。形はクラゲのようにまん丸で、なんとも可愛らしい。

「きゃ――――――――――――!?」

「ひゃあああああっ!?」

ジャネットはフェリスに飛びついた。びっくりするフェリス、びっくりして逃げていくミニ幽霊。絶叫にアリシアとレインは耳をやられそうになって手の平で塞ぐ。

「まったく、騒々しいのう。幽霊なんてどこにでもおるじゃろ」

まさに幽霊であるところのレインが鼻を鳴らした。ちなみに最近ジャネットがレインにあまり怯《おび》えなくなっているのは、幽霊だということを忘れている（忘れようとしている）

からだ。恐怖の対象と学校生活を送っていては、心臓がいくつあっても足りやしない。

アリシアが微笑《ほほえ》む。

「やっぱり怖いのね。手、握っていてあげましょうか？」

「要りませんわ！　い、今のは、そう！　怖がっていたのではなく、フェリスを幽霊から守ってあげようとしただけですわ！」

「そうなんですね！　ありがとうございますっ！　ジャネットさんは頼もしーですっ！」

フェリスは目をきらきらさせてジャネットを見上げる。

「ジャネットはそれでいいの？」

「よくないですわ……」

テテルに訊かれ、ジャネットは痛む胸を押さえた。本当に尊敬される人間でありたいと願うものの、力及ばぬ自分が情けない。

少女たちは奇妙な裏側の光景を眺めながら、薄暗がりの中を歩いてカースドアイテムの素材を探した。

以前は黒雨の魔女が作ったカースドアイテムと戦っていたのに、今では黒雨の魔女と協力してカースドアイテムを作ろうとしている。そんな不可思議な状況に、アリシアはフェリスの力を感じる。

いつだってフェリスは、敵を取り込んでしまう。当初は編入に猛反発していたジャネットは既にフェリスの虜だし、その父グスタフも、イライザ先生も、ガデル族も、黒雨の魔女すらも、フェリスの無邪気さに呑まれてしまった。

これは純粋に人徳のなせる技なのだろうか、それとも未知の魔導でも働いているのか。

いずれにせよ、フェリスの能力は底が知れない。

「なんか、穴が空いてます!」

一条の光が差し込む壁の穴に、フェリスが駆け寄って目を押し当てた。見たことのある景色。壁の向こうは厨房のようだ。

無人の厨房に、校長が抜き足差し足忍び足で入ってくる。食べ物の収納された戸棚に近づくと、静かに扉を開け、中から苺ショートケーキを取り出す。上に載った苺だけを急いで口に放り込み、杖を振って念動魔術を行使。風のように厨房から消え去る。

「ふあっ………」

思わず声を漏らすフェリス。

「ネズミでもいた?」

「えと……ネズミじゃないんですけど……校長先生が……」

詳しくは話せない。大変な現場を見てしまった気がする。だってショートケーキから苺だけをつまみ食いしていったのである。目撃証人は口封じされてしまうかもしれないとフェリスは心配する。

アリシアが交代して壁の穴を覗《のぞ》いた。

「厨房ね。誰もいないみたいだけど……」

「他にもあちこち観察できるとこあるんだよ！　ほらほら、こっち！」

テテルに手招きされ、少女たちは蛇腹状の階段を登る。伸びたり縮んだりするだけではなく、途中で消えそうにもなるからスリル満点だ。しかも段を踏むごとに音階が足を伝って鼓膜に鳴り響き、足でピアノを弾いているような気分になる。

少女たちは通気口のそばで身を寄せ合い、魔法学校の『表側』を覗いた。どうやら向こうは資料室らしい。たくさんの教材が積まれた部屋に、イライザ先生が立っている。先生は棚からヌイグルミ——恐らくはファーストクラスの幼い子供たちの授業用——を手に取り、じっと見つめている。

少女たちはささやき合う。

「イライザ先生とヌイグルミ……変な組み合わせですわね」

「もしかしたらイライザ先生、ヌイグルミ大好きなのかもですっ」

「だとしたら可愛いわね」

「今度、イライザ先生に編みぐるみ作ってってあげますー」

奮起するフェリスに、ジャネットが提案する。

「わ、わたくしが作り方を教えてさしあげますわ……手取り足取り」

「ありがとございますー」

「ジャネットってお嬢様のくせにそういうの得意だよね」

「くせに、とはなんですの！」

「褒めてるんだよー」

強面の教師の意外な一面を発見できてははしゃぐ少女たちだが。その目の前で、イライザ先生が闇魔術の言霊を唱え始める。教鞭《きょうべん》から魔法陣が展開され、真っ黒な触手が伸びて、ヌイグルミの首をきりきりと締め上げる。

「ふむ……このくらいの加減なら、殺さず意識だけを落とせるはずですが……。まだまだ研究の余地はありそうですね……」

肝を潰す少女たち。まったく意外な一面などではなかった。いつも通りのイライザ先生だった。ヌイグルミを愛でるのではなく、絞め落としにかかっているのだ。しかもイライザ先生は肩をぴくりと動かし、通気口の方に顔を向ける。

「誰か、そこにいるのですか」

「!!」

少女たちは慌てて通気口から離れた。早急に退避しなければ始末されそうな威圧感。実際、通気口の向こうからは攻撃用の闇魔術の言霊を唱える声が聞こえている。

「さすがイライザ先生だね。もしかしてあたしたちだって気づかれた？」

「それで攻撃しようとしてきているなら危なすぎますわ！」

「やっほーって挨拶したらよかったかなー？」

「それはそれで半日くらいお説教されそうね……」

教師──魔法学校の先輩方が『裏側』の存在を把握しているかは不明だが、そこをうろついているのを知られるのはまずいだろう。

「来て来て！　こっちも面白いよ！」

次にテテルが教えてくれたのは、ちょっとした壁の隙間。フェリスたちはみんなして身を寄せ合い、隙間から表側を覗《のぞ》き込む。向こうの住人に勘付かれるのは恐ろしいけれど、好奇心には逆らえない。

壁の向こうは、教員用の休憩室だった。子供のように小さくて愛らしいロッテ先生が、一人で紅茶を飲んでくつろいでいる。テーブルにはトッピングにナッツとチョコを散らしたシュークリームも置かれている。

「わー！　シュークリーム美味しそうでむぐぐ」

お菓子を目にしてテンションと声量の上がってしまったフェリスの口を、アリシアがそっと押さえる。

ロッテ先生が椅子から立ち上がった。察知されてしまったかと緊張して息を殺す少女たち。イライザ先生に比べれば脅威度の低いロッテ先生とはいえ、叱られて裏側の探索を止められるのは困る。まだまだ裏側には興味深いものが眠っているはずなのだ。

ロッテ先生はフェリスたちの隠れている方へやってくることはなく、反対側の壁に歩み寄った。壁際に置かれている全身鏡を、まじまじと見つめる。ほっぺたに手の平を添え、鼻先を鏡に近づける。

「うーん……大丈夫、だよね……？」

ぽつりと独り言。

「大丈夫って、なんのことだろ……？」

「ロッテ先生、病気なんでしょうか……？」

テテルとフェリスは顔を見合わせる。

少女たちの見守る前で——見守られていることに気づくことはなく——ロッテ先生がおもむろに魔術用の杖を構えた。

ロッテ先生の杖は魔法学校のショップで売ってある一般的な杖と違って、とにかく装飾性が高い。お伽噺《とぎばなし》で女主人公が使っているような、ファンシーな杖。それを掲げ、ロッテ先生は鏡の前で可愛くポーズを取る。

「いえいっ♪」

「…………！」

アリシア、ジャネット、テテルの三人に衝撃が走る。

「うん、可愛い可愛い」

ロッテ先生は鏡を見つめて満足げにうなずいている。これが外見同様、十二歳の少女なら普通に愛らしいだけなのだ。しかし、アリシアたちはロッテ先生の実年齢をなんとなく察しているので、良い大人が無理をしているのを見るのは大変心苦しいものがある。

「まだまだ行ける……よね？　私、年増じゃないよね……？」

心配そうにつぶやく姿に、少女たちは胸を裂かれる思いがした。

「先生……」

ほろりと涙を流すアリシア。

「大丈夫ですわ……ロッテ先生はまだまだ大丈夫ですわ……！」

ジャネットは唇を噛《か》み締める。

「せんせーかわいーですー。ホントに十二歳みたいですー」

フェリスは年を取ることの恐ろしさをよく分かっていないので純粋に感嘆している。その言葉をロッテ先生が耳にしたら魂が折れるであろうこともよく分かっていない。

少女たちは担任教師の不老不死を祈りながら壁を離れた。

「ねっ、面白いでしょ？　裏側から表の学校を見るのって」

「知っている人の知らない姿を知るのは楽しいわね」

「他に観賞スポットはございませんの？　もっと学校の真実の姿を暴きましょう！」

「わたし、プリンを作ってるとこを見たいですー！」

はしゃぐフェリスたちだが。

「そなたら……本来の目的を忘れてしまっておらぬか？」

レインが眉をひそめた。

「えっ、なんだっけ？」

「フェリスをラインツリッヒのお屋敷に連れて行く途中だったと思いますわ！」

「しっかりしてジャネット。それはただの願望よ」

「……ぷりん？」

首を傾げる少女たちに、レインの体から瘴気《しょうき》が滲《にじ》み出す。どうやらちょっと怒っているらしい。フェリスは肩を跳ねさせる。

「す、すみませんっ、カースドアイテム作るんでした！　素材集めに来たんですっ！」

「うむ。覚えておるならよいのじゃ。自分の言ったことにはきちんと責任を持て」

レインは教師のようなことを語っている。大昔の人の言葉が持つ重みは、どんな教育者のものよりも重い。

少女たちは気を取り直して、裏側の探索を再開した。途中、やけに美味しそうな匂いが漂ってきてフェリスがふらふらとおびき寄せられそうになったり、フェレットのような生き物が走っていてテテルが追いかけそうになったりと、様々な誘惑はあったけれど、なんとかアリシアとジャネットが軌道修正して『裏側』を進む。

やがて、五人はたくさんのガラクタが積まれている場所へとやって来た。周囲を簡易な魔法結界で守られていたが、フェリスが触れるとあっさり開く。中に踏み込むなり、辺りに満ちる濃厚な魔力の気配に、ジャネットとアリシアはふらついた。

「う……目眩《めまい》がしますわ……」

「かなり来るわね、これは……」

「そう？　あたしはなんともないけどなー」

不思議そうなテテル。

「魔力酔いじゃな。魔術の適性がない一般人はなにも感じぬが、素養のある者ほど不快感を覚えるのじゃ」

「えー？　フェリスも平気な顔してるよー？　『この程度のくだらぬ魔力、我に傷をつけるには百年早いわ、ガッハッハ！』って顔してる」

「そんな顔してませんようっ！」

フェリスは慌てて手を振った。

「そやつは埒外《らちがい》じゃ。常人の基準で考えるな」

レインが肩をすくめる。

周囲には、書物やランプ、ヌイグルミに絨毯《じゅうたん》、脚の折れた机、なんに使うのか分からない車輪など、多種多様な品が積み重ねられていた。キノコは生えているし、木のようなものまで生えて既に枯れているしで、混沌《こんとん》を究めている。

「ゴミ捨て場みたいですわ……」

「そう馬鹿にしたものではない。永い歳月のあいだに一つ一つの道具から魔力が染み出して混ざり合い、発酵して酸っぱくなっておる。目眩の原因はそれじゃな」

「じゃあ、特に魔力の強い道具を持ってきたらいいのかしら？」

「魔力が強ければカースドアイテムの良い素材になるわけでもないのじゃがな。ただ、古い道具が多いのは間違いない。そなたらの思う贄《にえ》をわらわに差し出してみよ」

レインが妖しい笑みをたたえ、誘うように両腕を広げた。その姿はまさに黒雨の魔女、一生徒の迫力ではない。

「言うことを聞いて大丈夫なのですかしら……」

「ちょっと不安になってきたわね」

ジャネットやアリシアは戸惑いながらも、古道具の山に向かい合う。下から取り出すと山が崩れて下敷きになりそうなので、表面に出ているものからおっかなびっくり手に取っていく。

「わーー！　変な匂いするーー！　おばーちゃんのタンスみたーい！」

なんの躊躇《ちゅうちょ》も警戒もなく山の内部に潜り込むテテルは、まるで雪山に突っ込む小犬だ。

手当たり次第にガラクタを引っ張り出しては投げるから、ジャネットは避けるだけで精一杯だ。

「うんしょ……っと。ふあ……可愛いお人形です……」

フェリスは身軽な体を活かして山の上に登り、陶製の人形を両手で抱え上げてしげしげと眺めている。ちなみに人形は牙をガチガチ鳴らしてフェリスの方へ顔を近づけようとしている。

「気をつけて、フェリス。その人形、お腹が空いているみたいだわ」

「そなんですか？　お人形のごはんって、なにがいいのか分かりません……」

「なにがいいのかはなんとなく分かるから、とりあえずその人形を捨てなさい」

アリシアは肝を冷やした。フェリスは残念そうに人形をゴミ山に戻そうとするが、なぜか手から人形が離れない。フェリスは困って人形をぶんぶんと振り回す。その度に人形の口から呪詛《じゅそ》の言葉が吐かれている。

ジャネットが古道具の山から杖を見つけ出し、意気揚々とレインの方へ持っていく。

「これなんてどうですかしら？　読んだことのない文字が刻まれていますし、彫り込みもすごく綺麗ですし、きっと名のある魔術師の杖ですわ！」

「ん。ゴミじゃな」

「なんでですの！」

一刀両断されてジャネットは肩を怒らせた。

「まとわりついている思念から読み取るに、その杖は魔術師と共に数多《あまた》の戦場をくぐり抜け、主人が宮廷仕えになった後もしっかりと役目を果たして、魔術師の大往生まで見届けた代物じゃ」

「立派じゃありませんの！」

レインが首を振る。

「だから、ダメなのじゃ。情念が足りぬ。無念が足りぬ。理想は、そうじゃな。名匠が貴重な鉱石で一世一代の品を仕上げようとするも途中で石につまずいて転んで死に、魔術師に安値で買われるも物干し竿《ざお》代わりに使われ、最終的には土に埋まって五千年ほど太陽を見ることもなく過ごした杖、ぐらいがよい」

「それは本当に化けて出そうね……」

聞いているだけでアリシアは悲しい気持ちになった。

「ぐぐ……今に目に物見せてさしあげますわ……」

ジャネットは歯噛《はが》みしながら古道具の山へ戻っていく。別に喧嘩《けんか》をしているわけではないはずなのに喧嘩腰なのは相変わらずのラインツリッヒ風である。

フェリスが火屋《ほや》の割れているランプをレインに恐る恐る差し出す。

「あ、あの……これは……ゴミですよね……？」

「なかなかの素材じゃな。そこに置いておけ」

「良かったです……」

胸を撫《な》で下ろすフェリス。他の古道具を漁《あさ》りにいく。黒雨の魔女のテストを受けているようで緊張するが、役に立てるのはとても嬉しい。

「こういうのが向いているのかしら？」

アリシアは磔刑《たっけい》を描いたタペストリーをレインに見せる。魔術で保護されているのか、時を経ても未《いま》だ褪《あ》せぬ毒々しい色合いの糸で織られ、奥から生贄《いけにえ》の叫びが聞こえてくるような臨場感だ。

レインは顎をつまんでタペストリーを観察する。

「ふむ……方向性は間違ってはおらぬが、ちいと弱いな。確かに情念は込められているが、飽くまでそれを作った芸術家の情念じゃ。そして芸術家は磔刑に処されたというわけでもなく、人々に認められて生を全うしたらしい。恨みが足りぬ」

「難しいわね……」

アリシアは発掘作業に戻っていく。フェリスがボロボロの枕を抱え、レインのところへ走ってくる。

「これとか、どうでしょう？」

「良いな。生まれてから一度も眠れなかった軍人の苛立ちが染み込んでおる」

レインが満足げにうなずいた。

「すごいねー、フェリス。当たりばっかりだよ！」

テテルは感心する。

「昔は魔石鉱山で働いていたって言っていたし、採掘のプロだものね」

「確かにそうですわ！　フェリスはプロなのですわ！」

「親方！　あたしにも掘り方を教えて！　早く一人前になりたいの！」

「ふえええええっ？」

皆から尊敬の眼差しを向けられ、フェリスは萎縮する。鉱山奴隷だった自分が親方と呼ばれる日が来るなんて予想もしなかった。親方とは、もっと大きくて毛むくじゃらで怖くて、自分みたいに小さい子供には勝てない存在だと思うのだ。

「どうやったらいい素材が分かるの？　コツがあるんだよね？」

テテルが尋ねた。人に物を教えるなんてこと、自分には無理だと感じるフェリスだが、頼まれた以上は応えるしかない。

「え……と、なんか、動きたい、おしゃべりしたいって悲しそうな顔してる道具を持ってきてるんですけど……」

「顔がない道具は？」

「顔……ありますよね？　目と鼻はないかも、ですけど……」

「目と鼻がなかったら顔じゃないよ？」

「ですよね……あれ……？」

「よく分かんないや！」

「わたしもよく分かんないです……」

質問者も回答者も揃《そろ》って小首を傾げている。根本的に理論で動いていないフェリスなので、コツを訊いても参考にならない。

結局、フェリスが勘で良さそうな古道具を探し、他の少女たちが掘り出すという役割分担で、採掘を進めることになった。もはや本当に親方である。

表側から二度目の鐘の音が聞こえてくる頃には、フェリスたちは汗だくになって床に座り込み、その前には素材がたくさん集まっていた。壊れた時計やら、キノコがいっぱい生えた帽子やら、丸まったえんぴつやら、種類は無秩序で、見た目はゴミだ。

レインが素材の上にふわりと舞い降りる。

「よし。では、カースドアイテム生成の儀式を始める。そなたらのうち一人が、代償として命を捧げよ」

「生贄《いけにえ》が要るんですの⁉」

「命は捧げたくないよー！　まだ行きたいとこいろいろあるし！」

「じゃ、じゃあ、わたしが……」

「早まらないで」

自分を粗末にするフェリスをアリシアが急いで止めた。自己犠牲の精神は奨励すべきことではあるかもしれないが、お祭りのために払うには高すぎる代価だ。

「申してみただけじゃ、本気にするな。わらわは探求者たちほど悪趣味ではない」

レインは鼻で笑い、両腕を広げた。手の平から瘴気《しょうき》が溢《あふ》れ、素材の数々に流れ込む。血液を得たように脈動する古道具。ランプにぎょろりと目玉が現れ、勢いよく飛び上がる。

「ジャックオーランタンですわ――!!」

ジャネットは手近な机の下に転がり込んだ。避難訓練の成果が窺《うかが》える速度だった。

「すごいですーっ！」

「まだまだ生まれるぞ」

綿のはみ出たヌイグルミが、牙を剥いて暴れ出す。破れた枕に人間のような太い脚が伸び、咆哮《ほうこう》を上げて走り始める。えんぴつが膨張して巨大化し、周囲の柱を押し潰していく。

次から次へと生成されるカースドアイテム。あっという間に辺りはお化けの大パーティになってしまう。暴走するお化けの群れに追われ、フェリスたちは悲鳴を上げて逃げ回る。

「レインが操れるんじゃなかったのーっ!?」

「ずっと動きたくてうずうずしておった奴らじゃからな。解放してやった直後は、はしゃいで大暴れしたがるものなのじゃ。言わなかったか？」

「聞いてないですー！」

フェリスは襲ってきた猪に跳ねられて宙を飛んでいる。なぜ猪がカースドアイテムに混ざっているかは分からない。猪の置物でも混ざっていたのかもしれない。誰にも収拾がつかぬ混沌《こんとん》である。

「これは夢……これは幻……わたくしは今、フェリスと一緒にふかふかのベッドで寝ているのですわ……うふふふふ……」

ジャネットは机の下で目を閉じて現実逃避した。

第三十一章　『ヴァルプルギスの夜』

ヴァルプルギスの夜がやって来た。

血のように紅い満月が昇る奇月夜、黒々とした空に燐光《りんこう》を帯びた蝙蝠《こうもり》が飛び交っている。大地からは地脈の魔力が霧となって立ち上り、魔術師たちに活力を与えていた。

普段は落ち着いた雰囲気の魔法学校も、この日ばかりはお祭りモード。あちこちに大きな葉っぱのお化けが飾られて眼孔を輝かせ、花壇には生徒手作りのカカシが刺さって手招きしている。装飾も普通の祭りとは異なり、生活魔術や付与魔術を惜しみなく使って、勉学の成果を発揮していた。

「おー！　今年もすごい気合い入ってるねー！」

テテルは校庭を見回して目を輝かせる。

「ヴァルプルギスの夜は偉い人がたくさん招待されているから。魔法学校の生徒としてはアピールのチャンスなのよね」

「あぴーる？　なにをあぴーるするんですか？」

アリシアの言葉に、フェリスが小首を傾げた。

「優秀な魔術師の卵だってことよ。ひょっとしたら、招待客の目に留まって、将来なにか良いお仕事にスカウトされるかもしれないでしょう？」

「なるほどです……。わたしもお仕事のため、あぴーるした方がいいでしょうか……？」

「フェリスにはまだ先の話だと思うわ」

「でもでもっ、お仕事なくて、ごはん食べられないの、困ります。わたし、おなかがすくのはヤです……」

心配そうな顔をするフェリスだが、その力をもってすればどんな組織からも引く手数多《あまた》だろうとアリシアは思う。今の時点でも欲しがるところは山ほどありそうだ。

広々とした校庭や中庭には、王都で大流行のフロストキャンディーを真似した店や、歴代の校長の顔をかたどった仮面、火魔術で的当てゲームをできる店など、生徒たちが工夫を凝らした露店が並んでいた。

生徒たちは思い思いの仮装に身を包み、今日という日に大はしゃぎしている。自由な校風とはいえ、そこはやはり貴族の子女が集まる寄宿制の学校、普段は教育に重きが置かれているし、魔術以外の教養科目も他より難易度が高い。ヴァルプルギスの夜は格好の息抜きの場ともなる。

閉鎖的な魔法学校が公開されるとあって、トレイユの街の住民たちも祭りに大勢押し寄せている。バステナ王国は比較的魔術が普及している国ではあるものの、まだまだ庶民にとって魔術は縁遠く、好奇の対象なのだ。

堂々たるカボチャの馬車を大きなネズミに引かせ、正門から乗り込んでくるのは、生ける伝説の大魔女たち。変わり者揃《ぞろ》いで森や工房に引きこもっている彼女たちが公衆の面前に姿を現すのは、大ヴァルプルギスの夜くらいだ。

「あっあっ！　轟風《ごうふう》の魔女ダラム様ですわ！　なんて勇ましいのでしょう！　閃光《せんこう》の魔女スレイア様……とっても凛々《りり》しい！　凄まじい魔力が伝わってきますわ！　わたくしは今、時代の生き証人になっているのですわー！　ね、ね、フェリス⁉」

「ふぁ、ふぁいっ！」

テンションの高すぎるジャネットに、フェリスはついていくのが精一杯だ。なんせジャネットときたら、少しでも大魔女の姿をよく見ようと、カボチャの馬車を追いかけて夢中で走り回っているのだ。フェリスも大魔女には興味があるから、できることならこの機会を逃したくはない。

「二人とも、危ないわ！」

アリシアが注意するも、既に遅し。

「ひゃっ⁉」「きゃー⁉」

勢い余ったフェリスとジャネットが、カボチャの馬車の前に飛び出してしまう。御者の魔法人形がネズミの手綱を引くが、馬車は急に止まれない。あわや大惨事というとき、反射的に突き出したフェリスの手から魔法結界が発動した。結界に激突するネズミ、急停止するカボチャの馬車。辺りは騒然となる。

馬車から轟風の魔女ダラムが降りてきた。肩幅広く、筋肉質な体つき。いかつい顔を余計にしかめ、フェリスを見下ろす。

「大丈夫か。怪我《けが》など、していないか」

「は、はい！　ごめんなさいっ！」

縮こまるフェリス。ジャネットは目を回してへたり込んでいる。

「どうしましたか？　なにか問題でも？」

近くに停まった他の馬車から、閃光の魔女スレイアも現れる。龍糸で織った薄衣を身に着け、紅を差した姿は歌姫のように麗しい。

「…………………しんぱい」

どこからか現れた沈黙の魔女アーシクも、小声でつぶやきながら見守っている。こちらは他の二人とは対照的に、少女と見紛う小柄で可憐な容姿だ。

これでバステナ王国の誇る四大魔女のうち、三人が一堂に会したことになる。残る一人、惰眠の魔女ラメルはどこにも見当たらない。

轟風の魔女ダラムは眉を寄せる。

「無事なら良かった。だが今の魔法結界、無詠唱だったな。表面は普通の人間だが、明らかに異質な魔力……壮絶なまでの魔法防御力……お前は、何者だ？」

「えっ？　えっ？　フェリス、ですけど……」

戸惑うフェリス。

「名前を聞いているのではない。いや、真名なら聞いてみたいな。この魔力、ひょっとして……」

轟風の魔女ダラムが迫ってきて、フェリスは後じさる。魔術師なのに強面の騎士のような立ち姿には、小さな子供など片手でひねり潰してしまいそうな圧迫感がある。

「ちょっと、わたしに見せていただけますか？」

閃光の魔女スレイアが優雅な足取りでフェリスに歩み寄ってきた。逃げようとするフェリスの進路にさりげなく回り込み、フェリスの顎を細い指でつまみ上げる。むせかえるほどの香水の匂い。まつげの長い双眸《そうぼう》に間近から覗《のぞ》き込まれ、フェリスは身動きできなくなってしまう。

閃光の魔女スレイアは大きく瞳を見開いた。

「なんてこと。あなた……器ですね……？　あのお方が、この時代、このような姿で再来なさるとは……」

「…………やっと会えた。アレもきっと待っている」

沈黙の魔女アーシクは青髪を揺らし、ぴっとりとフェリスに抱きつく。

「ずっとお目にかかりたいと思っておりました。これでこそ、魔術で己の時を止めて歳月をやり過ごした甲斐《かい》があるというもの。生きてお目にかかれるとは魔女の僥倖《ぎょうこう》」

轟風の魔女ダラムがひざまずき、従僕のごとくフェリスの右手を取る。閃光の魔女スレイアも地面に膝を突き、忠誠の誓いのようにフェリスの左手に唇を押し当てる。沈黙の魔女アーシクはフェリスにすりすりと頬ずりしている。

「ふえええええ……」

大魔女たちに囲まれたフェリスは怯《おび》えきっている。

「えっと……どういうことなんですの……？」

「フェリス、大人気だねー！」

ジャネットは困惑し、テテルは笑っている。

けれどアリシアは呑気《のんき》に笑えない。さすがは大魔女、一瞬でフェリスの異常さを見抜いてしまった。きっと大魔女たちは、アリシアには想像もつかないところまで気づいている。

フェリスが誰かに器と呼ばれるのは、黒雨の魔女に続いて二回目だ。

大魔女は軍部や王家などの権力にまつろわぬ者たちだから、フェリスがすぐ政治に巻き込まれるわけではないだろうが、常識に囚われない自由人ばかりだから余計に恐ろしい。

なんとかフェリスを引き離さなければとアリシアは焦る。

閃光の魔女スレイアの視線が、近くにいたレインに留まった。スレイアは息を呑む。

「あなたも、ここにいらしたのですか。なんたる奇遇。いえ、これも運命の必然と言うべきでしょうか」

「…………漆黒」

「解き放たれたとは感じていたが、かようなところに潜り込んでいたとは」

沈黙の魔女アーシクと轟風の魔女ダラムも、フェリスを解放してレインに顔を向ける。

「アリシアさあーんっ!!」

フェリスは半泣きでアリシアの胸に飛び込んでくる。

「危なかったわね」

アリシアはフェリスを腕の中に包んだ。けれど決して安堵《あんど》はできない。むしろ状況はさらに悪化している。大魔女たちはなぜかフェリスを尊敬しているようだったが、黒雨の魔女を尊敬するはずもない。黒雨の魔女は世界に大災厄を巻き起こした存在なのだ。三大魔女と黒雨の魔女の対決などが始まってしまったら、ヴァルプルギスの夜どころか全校生徒が無事では済まない。

「わらわの本質を看破するとは、この時代の魔女もなかなかどうして侮れぬようじゃな」

レイン――黒雨の魔女も警戒している。即座に迎撃できるよう身構えているのか、袖からうっすらと瘴気《しょうき》まで漂い出ている。

閃光の魔女スレイアが頬を緩めた。

「そう睨《にら》まないでください。わたしたちはあなたと争おうとは思いません」

「なんじゃと……？　なにを企んでおる……？」

怪訝《けげん》そうなレイン。

「企んでなどいません。あなたはわたしたちのあり得たかもしれない未来、それだけのことです。わたしたちも幼きより、自らの大きな力に翻弄されてきたのですから」

閃光の魔女スレイアの言葉に、轟風の魔女ダラムもうなずく。

「永きにわたり、よくぞここまで堪えた。女王の御許で羽を休めたくなるのも当然」

「わらわはそのような理由でここにいるわけではない」

「…………だいじょうぶ。みんな仲間」

沈黙の魔女アーシクが背伸びしてレインの頭を撫《な》でる。

「なんなのじゃ……そなたらは……」

レインは毒気を抜かれた様子でつぶやいた。体から放たれようとしていた瘴気《しょうき》が戻っていく。どうやら大魔女たちは、黒雨の魔女が魔法学校にいることを見逃してくれるらしい。

そこへ校長がやって来た。

「これはこれは、アーシク殿、スレイア殿、ダラム殿。よくいらっしゃった。ラメル殿はまだのようだが、そのうち来るじゃろう。美味しいお茶とお菓子を用意させておるゆえ、どうぞこちらへ。さ、さ！」

半ば強引に賓客を連れ去る。大魔女たち相手にもまったく気後れした様子がないのは、さすがの悪魔殺しミルディンだった。

夜空に花火が打ち上がり、橙色のパンプキンや紫色の三角帽が黒のキャンバスに描かれる。華やかに編曲されたレクイエムを生徒の楽隊が掻《か》き鳴らし、祭りが始まった。

レインとアリシアは教室でカースドアイテムの最終調整を行っている。今回のお化け屋敷の肝は黒雨の魔女レイン。万が一にもカースドアイテムが客を襲わないようコントロールするのは重要だ。ちなみに今のところ、五回に四回はカースドアイテムが暴れてクラスメイトを吹き飛ばしている。

アリシアはダメージ軽減の術式をお化け屋敷の壁に張り直しながら案じる。

「カースドアイテム、使って本当に大丈夫なのかしら……」

レインはふふんと鼻を鳴らす。

「心配は無用じゃ。わらわは本番に強いタイプじゃからな。生まれてこの方、負け知らずじゃ」

強い割に肝心なところで結構負けているような気がするアリシアだが、あえて指摘はしないでおく。現状のアリシアはいわば黒雨の魔女のお目付役、怒って暴走でもされたら敵わない。

一方、フェリス、ジャネット、テテルの三人は、吸血鬼の衣装に身を包み、大勢の客が行き交う校庭でチラシを配る。

「みなさーん、よろしくお願いしまーすっ！」

頑張って大声で呼びかけるフェリス。

「ミドルクラスAの教室で、お化け屋敷やってるよ！　絶対来てね！」

笑顔でチラシを撒《ま》き散らすテテル。

「べ、別に来なくてもいいんですけどっ！　……とぃぅか、来ない方がよろしぃですゎ……」

ジャネットは客の呼び込みをする気があるのかないのか分からない。緊張して声も小さくなっている。

お化け屋敷でキャストをするときほど本格的ではないが、可愛らしくデフォルメされた吸血鬼の衣装は目を惹く。テテルの声はよく通るし、ジャネットの美貌は際立っているしで、外部からの客たちはついつい立ち止まる。

「お、おねがいします……ちらし……ちらし要りませんか……？」

フェリスはぷるぷる震えながら客にチラシを差し出す。

「えっと……うちらは他にも寄るところがあるから……」

「だめですか……？　全部配らないと帰れないんです……」

「…………！　全部もらう！　もー代わりに配ってあげる！」

といった案配で、断れる者などいない。もし突き放せば、一生を罪悪感に苛《さいな》まれて過ごすことになるだろう。この宣伝チームを組織したアリシアは、そこまで計算していたのである。子供らしくないとか怖いとか思われるのは嫌なので、誰にも説明はしていない。

強力な宣伝チームのフェリスたちは、あっという間にチラシを何百枚と配ってしまった。お祭りモードに装飾された花壇に座り込んで一息つく。

「わたくしも、一枚いただいてよろしいですか？」

「……ふえ？」

聞き慣れた声にフェリスが顔を上げると、エリーゼ姫が微笑《ほほえ》みながら立っていた。

「エリーゼさん!?　えっ、えっ!?　どしたんですかあっ!?」

跳び上がるフェリス。

「せっかくのフェリスの学校のお祭りですから。遊びに来ました」

「嬉しいですっ！　わたし、エリーゼさんに会いたかったですーっ！」

「わたくしもです。フェリスは今日も可愛らしいですね」

フェリスはエリーゼ姫と手を取り合い、ぴょんぴょん跳ねて再会を喜ぶ。

「姫殿下まさか……また王宮を抜け出されたんですの……？」

危惧するジャネット。姫様に会えるのはありがたいことだが、トラブルに巻き込まれて王家の不興を買うのはラインツリッヒにとっても一大事だ。

「大丈夫です。今回はきちんと陛下におねだりして、外出許可をもらって参りましたから。いわゆる視察という名目です」

エリーゼ姫の視線に釣られて三人が見れば、人混みの向こうから宮廷騎士の女性が必死の形相で走ってくる。

「姫えっ！　姫えええっ！　勝手に遠くに行かないでください！　誘拐でもされたらどうするのですか!!」

「……ね？」

得意気なエリーゼ姫。

「ね、と言われましても……」

ジャネットは反応に困る。外出許可を得ていても、相変わらずやんちゃなお姫様だ。とはいえ、ちょっと強引に動かないとなにもできないぐらい、雲上人の生活は窮屈なものなのだろう。

ぜぇはぁと肩で息をする宮廷騎士に、テテルが近くの露店からマンドラゴラジュースを持ってくる。

「飲み物あるよ！　飲む？」

「助かります……」

女騎士はジュースを一気に飲み干して喉を潤した。宮廷騎士としての誇りはもちろんある。名誉もお給金もふんだんにもらっている。が、この姫殿下のお守りはいろいろと割に合っていないのではないかと憂慮する今日この頃だ。

エリーゼ姫が校庭を見回す。

「それにしても賑《にぎ》やかですね。ヴァルプルギスの夜について、話には聞いていましたが、王都の祭典にも負けない盛況です」

「王都から来ている人も多いみたいですもの。わたくしのお母様も、暇があったら親戚を誘って冷やかしに来るかもしれないと言っていましたわ」

冷やかしでもいいから顔を見せてほしいとジャネットは思う。父親は魔術師団長の仕事で忙しいだろうけれど、せめて母親にはこの祭りを自慢したい。

エリーゼ姫はフェリスにもらったチラシを読む。

「フェリスたちはお化け屋敷というものをやるのですね」

うなずくフェリス。

「はいっ。みんなで頑張って作りました！」

「お化け屋敷というものは一度も見たことがないのですが、屋敷がお化けになって走り出すのでしょうか？」

「走ったりはしないです。お化けが中をうろうろしているお屋敷です」

「お化けが中を……？　治安がよろしくありませんね。どなたのお屋敷なのです？」

「えとっ、お屋敷ってゆうか、ミドルクラスAの教室なんですけど……」

エリーゼ姫は小首を傾げる。

「教室なのにお屋敷……？　それでは嘘になってしまうのでは？」

「え、そ、そうでしょうか……ご、ごめんなさい」

フェリスは謝った。お化け屋敷を知らないフェリスがお化け屋敷を知らないエリーゼ姫にお化け屋敷を説明することの限界である。

エリーゼ姫は難しい顔をして推理する。

「つまり、そのお化けがうろうろしているお屋敷を、外から観察し、魔術の勉学に役立てる……そういう研究発表のような催し物、ということで間違いありませんね？」

「えと……そうかもです！」

「違いますわ！」

さすがに見ていられなくなったジャネットが話に割り込んだ。テテルが目を丸くする。

「え、違うの？」

「ハバラスカさんは知っていますでしょう⁉　一昨年なんてお化け屋敷のお化けを追いかけ回して大騒ぎになりましたわよね⁉」

「だってさー、魔物の着ぐるみの中の人が誰なのか、気になったんだもん」

「そっとしておいてあげてくださいまし！」

ちなみに、なんとか倉庫に隠れて捕まらずに済んだものの、着ぐるみの中で息を切らして瀕死《ひんし》になっていたのはジャネットである。クラスメイトから無理やり押しつけられた役目だが、ラインツリッヒの息女が流氷象の格好をしていたなんて知られるわけにはいかない。家名と輝かしい未来に関わる。

フェリスとテテルに任せておいたら埒《らち》が明かないので、代わりにジャネットがエリーゼ姫に説明する。

「お化け屋敷は、お化けがうろついている戦場にお客さんが入って、怖い思いをするための場所ですわ。まあ、お化けは作り物ですけれど……」

「なるほど、安全にスリルを味わって楽しむのですね。素敵ですね」

「え、ええ……」

姫様に目を輝かせられたら、ジャネットもうなずくしかない。たとえ今すぐお化け屋敷を法律で禁止したい衝動に駆られていても。

宣伝チームの仕事を果たすため、フェリスは一生懸命に売り込む。

「うちのクラスのお化け屋敷、すごーく怖いんですよっ！　わたしもお化けになってお客さんを怖がらせるんですっ！」

「まあ、フェリスがお化けに？」

エリーゼ姫は目を見張った。

「です！　泣いちゃうぐらい怖いお化けになります！」

「それは楽しみですね。わたくしも入ってよろしいですか？」

「大かんげーですー！」

フェリスはエリーゼ姫と手を繋《つな》ぎ合い、ミドルクラスAの教室の方へ駆け出した。その後ろを宮廷騎士が必死に追いかけていた。


ミドルクラスAの教室を余さず使ったお化け屋敷。

闇魔術によって光の遮断された暗闇で、フェリスは待機する。アリシアと一緒にこしらえた衣装を身につけ、ロッテ先生にヴァルプルギス向けのメーキャップもしてもらって、準備は完璧だ。なおクラスの皆が『化粧に詳しいんですね！』と感動したらロッテ先生はなぜか落ち込んでいた。

『みんな、お客さんが来たわ。失礼のないように、でも喜んでもらえるよう、しっかり怖がらせてね』

共鳴石という魔導具を通して、アリシアの指示がフェリスにも飛んでくる。

「がんばりますっ！」

フェリスはうなずき、オブジェの巨大キノコの陰に潜り込んだ。隠れることなら大得意、両手両足を揃《そろ》えて縮こまると、まるで嵐を避ける小動物である。

天井では、レインが作ってくれた柱時計のカースドアイテムが、禍々《まがまが》しいうめきを漏らして飛び回っている。どこかで見たことのあるようなクマのヌイグルミも、レインに命を吹き込まれて迷宮をさまよっている。

そんなお化け屋敷に、一名様がご案内された。エリーゼ・ジ・バステナ王女、決して失礼のあってはならぬ賓客だ。ましてや怪我《けが》でもさせたら、魔法学校がお取り潰しになってもおかしくはない。

辺りには、レインが生み出した瘴気《しょうき》が漂っていた。エリーゼ姫は寒気を覚える。ここに入ってはならない、すぐにでも脱出しなければならない、そんな予感。つい最近、この妖しげな気配は経験したことがある気もする。

——雰囲気ありますね……。

エリーゼ姫はやんちゃではあるが無謀ではない。肌身で危険を察し、警戒しながらお化け屋敷の中を進む。

しばらく行くと、キイ、キイと、金属の擦れるような音が聞こえてきた。見れば、不自然に開けた空間に揺り椅子《ロッキングチェア》が置かれていた。

腰掛けているのはドレスの令嬢。長く伸ばした髪が美しい。令嬢はゆっくりと椅子を揺らしながら、ティーカップを傾けている。そこまでは普通なのだけれど、他が普通ではない。

その令嬢は、目も鼻も口もないのだ。細い手は指先まで包帯に覆われ、片手がロッキングチェアの肘掛けを執拗《しつよう》に擦っている。そしてティーカップの中に紅茶は入っていない。空の紅茶を、顔のない令嬢が何度も何度も飲んでいるのだ。

刺激してはいけない。エリーゼ姫はそう思った。もはや近づきたくもないが、先に進むには近づかざるを得ない。エリーゼ姫が慎重に揺り椅子の隣を通り抜けようとしていると、やにわに包帯の令嬢が立ち上がった。

「…………！」

びくっと体を凍りつかせるエリーゼ姫。が、包帯の令嬢は襲いかかってこようとはしない。

「ち、ちかよらないで……ちかよらないで、ください……」

エリーゼ姫はじりじりと後じさり、床を蹴って一気にその場から退散する。日頃の余裕たっぷりな様子からは珍しく、年齢相応にうろたえている。

包帯の令嬢はエリーゼ姫がいなくなるのを見届けてから、息をついた。

「姫殿下ったら、意外と可愛らしいところもおありなんですのね」

くすくすと笑っている令嬢の中身は、ジャネットだ。暗闇の中で包帯の令嬢が嗤《わら》っているのは、それはそれで不気味である。

包帯の令嬢から逃れたエリーゼ姫は、曲がりくねった隘路《あいろ》を進んだ。予想以上にお化け屋敷のクオリティが高くて、生徒の手作りだからと油断していたのが申し訳ない。謝って済むのならもう少しアマチュア感を出してほしい。

そのとき、なにかの足音が聞こえた。小さな子供くらいの足音が、しきりに駆け回っている。けれど、足音の主の姿は影も形もない。

足音がエリーゼ姫に近づいてくる。どこを見回しても誰もいないのに、足音が迫り、迫り、エリーゼ姫のすぐ下で止まった。床下から、なにかが呼びかけてくる。

「ねえ、あそぼ」

エリーゼ姫は無言で走り去る。返事をしたら奈落に引きずり込まれてしまいそうな気がした。真っ暗な床下にいったいなにが潜んでいるのか、考えたくもなかった。

ちなみに、床下担当はテテル。いつも朗らかなテテルには人を怖がらせるのは難しいだろうということで任されたのだ。休みなく床下を走り回るだけでいいので、まさに適任である。他の生徒ではすぐに体力を使い尽くしてしまう。

エリーゼ姫がさらに歩いていると、道脇の草藪《くさやぶ》が激しく揺れた。生い茂った草のあいだを割って、二本の手が伸びてくる。鷲掴《わしづか》みされそうになって飛び退《の》くエリーゼ姫。

その手には……腕も胴体もついていなかった。ぐねぐねと蠢《うごめ》く手が、床を這いずってエリーゼ姫に近づいてくる。

これはレインが手袋からこしらえたカースドアイテムだが、エリーゼ姫に分かるはずもない。あまりにもなまなましくグロテスクな光景に、エリーゼ姫は口を押さえて逃げ出す。振り返ることはできない。

——どなたかと一緒に入った方が、よかったかもしれません……。

エリーゼ姫は手に汗を握って出口を探す。お化け屋敷の仕掛けはどんどん怖くなってきているし、これ以上やられたら悲鳴を上げてしまいそうだ。

けれど王族たるもの、威厳を失って人々を幻滅させるわけにはいかない。既に帰りたいと願っていても、お願いですから出してくださいなんて頼むわけにはいかないのだ。

エリーゼ姫の焦燥など知る由もなく、フェリスは巨大キノコの陰にじっと隠れていた。まだかなーまだかなーと思いつつ、しっかりお客さんを怖がらせることができるかどうか緊張している。

フェリスが身を潜めているところに、お客さんの靴音が近づいてきた。エリーゼ姫だ。

フェリスは手の平を握り締め、全力でエリーゼ姫の前に飛び出す。

大きな尻尾に、愛くるしい牙、小さな角。衣装はごつごつと鱗《うろこ》が表現されている。真っ赤なグローブと靴の先端には鋭い爪が埋め込まれていた。

フェリスはドラゴンの化け物になりきって前肢を掲げる。

「が、がおー！　おばけですよー！」

精一杯の威嚇である。

「えっと……」

ぱちくりと、エリーゼ姫が目を瞬いた。

「がおー！　燃やしちゃいますよー！」

フェリスは一生懸命怖い顔を作って、エリーゼ姫にちょこまかと近づいてくる。とはいえ、生まれつきの顔がまったく怖くないので迫力がない。むしろ抱き締めたいとエリーゼ姫は感じる。

けれど、フェリスがお客さんを怖がらせようと必死なのはよく伝わってくるのだ。王族はそう簡単に悲鳴など上げて威厳を失うわけにはいかない、それは確かだ。しかし、王族の威厳よりも、フェリスを悲しませたくないという気持ちの方が優先する。フェリスが怖がらせようと頑張っているのであれば、怖がってあげなければいけない。

「きゃ――――――――――!!」

エリーゼ姫は絹を裂くような悲鳴を上げて駆け出す。あっという間にフェリスの視界の外へ消え去ってしまう。

――で、できましたっ！

残されたフェリスは小躍りする。自分も少しはクラスのお役に立てたのかもしれないと思うと、嬉しくて仕方ない。

——でも、ちょっと怖がらせすぎちゃったかもです……。

きっとフェリスの迫真の演技が、鏡の前で何百回も練習した怖い顔が、エリーゼ姫の心に多大なる恐怖を呼び覚ましたのだ。しばらく夜は一人で眠れないかもしれない。フェリスは申し訳なく感じ、次はもう少し穏やかな接客を試すことにする。

なんて方針を考えているうちに、新たなお客さんがフェリスの担当エリアに近づいてきた。お姉さんたち五人のグループだ。トレイユの街で最近流行のケープを身につけ、手を取り合ってきゃーきゃーと賑《にぎ》やかに歩いている。

フェリスはいったん巨大キノコの陰に隠れ、タイミングを窺《うかが》った。お姉さんたちのグループが充分に近づいてきたところで、さっきよりはゆっくりとキノコの陰から歩み出る。

「が、がお……」

猫のように前肢を持ち上げ、小首を傾げて、控えめに脅かしてみた。これでも相手が怯《おび》えすぎてしまうようなら、もっと接客の仕方を考え直さなければならない。

お姉さんたちは目を丸くする。

「え、なになに?」「なんかかわいー子出てきたー!」「こんなちっちゃい子もいるんだー」「すごーい、お人形さんみたーい!」

驚くどころか、獲物を見つけた狼の群れのように押し寄せてくる。

——囲まれました!

フェリスは本能的に脅威を覚えた。

「がお！　がおー！」

もっと大きな声で脅かしてみる。

「がおとか言ってるー！」「えらーい！」「がんばってるー！」

お姉さんたちは余計に大喜びする。

「あのあのっ、怖くないですか……？　おばけなんですけど……」

じわりと涙ぐむフェリス。お客さんが泣いてしまうぐらい怖いお化けになるつもりが、自分が泣いてしまうお化けになってしまっていた。

「かーわーいーいー!!」

お姉さんたちは居ても立ってもいられず、フェリスを抱っこしてお化け屋敷を飛び出す。あまりのフェリスの破壊力に、良識など頭から吹き飛んでいる。

「た、たすけてー」

運ばれていくフェリス。怖すぎてじたばた暴れることもできない。

「フェリスをどこに連れて行くんですの――――っ!?」

ジャネットが慌てて持ち場を離れて追いかける。

お姉さんたち五人がドラゴンの女の子を抱えて逃走し、その後ろを包帯の顔なし令嬢が全力疾走。危険を察知したアリシアが追跡するも距離を縮められず、テテルが床を突き破って出動する。ついでにレインがカースドアイテムも差し向け、廊下は騒然となった。

お化け屋敷の当番がいったん終わり、フェリスたちは制服に着替える。

「ふぁー、誘拐されるかと思いました……」

疲れ果てて目を回しているフェリス。

「フェリスは五十回くらい誘拐されかけていたわね」

苦笑するアリシア。

「次からお化け屋敷の前に『誘拐禁止』の貼り紙をしておかないといけませんわ！」

憤慨するジャネット。

「お化け屋敷なのか、なんなのか分からぬのう」

呆《あき》れるレイン。テテルがぽんと手を叩《たた》く。

「そうだ！　フェリスに首輪つけとけば、持っていかれなくていいんじゃないかな？」

「いいですね！」

「よくありませんわ！　笑顔で物騒な提案なさらないでくださいまし！」

ジャネットはテテルの自由すぎる影響からフェリスを守るので必死だ。フェリスにはもう少し自分を大切にしてもらいたい。

少女たちが賑《にぎ》やかに喋《しゃべ》りながら教室を出ると、エリーゼ姫が待っていた。

「皆さん、ご苦労さまです。とっても可愛らしくて素敵なお化け屋敷でした」

「ありがとございますっ！」

フェリスは声を弾ませる。『可愛らしくて素敵なお化け屋敷』という言葉の持つ矛盾はあまり気にしていない。褒められるのは嬉しいのだ。頑張ってエリーゼ姫を怖がらせてよかったとしみじみ感じている。達成感である。

エリーゼ姫はフェリスのそばに立っているレインに目を移し、肩をこわばらせた。

「え…………？」

困惑の声が漏れる。一瞬、逃げ出そうかと思うが、すぐに考え直し、口をつぐんでアリシアとジャネットの手を引っ張る。

「姫殿下……？」

「ちょ、ちょっと、どうなさいましたの？」

戸惑うアリシアとジャネット。王族から手を握られるなんて恐れ多く、どう反応すべきか分からない。

エリーゼ姫は二人を脇に連れて行くと、レインに聞こえないよう小声で尋ねた。

「わたくしの勘違いだとよいのですが……。あれ……もしや黒雨の魔女では……ありませんか……？」

王都で何度も狙われ、黒雨の魔女の顔は脳裏に焼きついている。それが普通に制服を着ているのは違和感しかなく、他人の空似ではないかとも期待するが。

「勘違いではありませんわ……」

「黒雨の魔女です。最近、魔法学校に転入してきたんです」

二人の返答に、エリーゼ姫は耳を疑う。

「どういうことですか⁉ 魔法学校に転入⁉ 黒雨の魔女が⁉ なんの目的で⁉」

「ただの暇つぶしじゃ」

さすがに聞こえてしまったらしく、レインがエリーゼ姫に近づいてきた。エリーゼ姫は警戒して後じさる。膨大な人間が巻き込まれた王都消失事件の元凶と間近で接するには、あの事件はまだ記憶に新しすぎる。

「暇つぶしということは……ないでしょう。あれだけのことをしておいて」

「あれだけのことをして、わらわの悲願は果たした。よって、限りなく続く我が余生は暇つぶし以外にやることはない」

レインは手の平で口を押さえて優雅にあくびを漏らす。エリーゼ姫はレインの攻撃に備えて身構えている。剣呑《けんのん》な空気に、フェリスは泡を食ってあいだに入る。

「た、確かに、レインさんとはいろいろありましたけど、今は仲良しさんなんです！ みんなに迷惑かけてごめんなさいって、ちゃんと反省してるんです！」

「反省はしておらん」

「ええっ、してないんですかっ⁉」

レインが一刀両断し、フェリスは目をまん丸にした。

「わらわはヨハンナの大切なモノを取り返したかっただけじゃ。バステナが永らく盗んでおったのじゃ。盗人相手になにを手加減する必要がある」

「それは……わたくしたちの過ちですが……」

黒雨の魔女が求めていた魔導具が、彼女にとってかけがえのない思い出の品だったということは、エリーゼ姫もフェリスから聞いて知っている。とはいえ、思い出のために世界を滅ぼす力には、やはり脅威を感じてしまう。

フェリスが懸命に訴える。

「と、とにかく、もう終わったんです！　二度と始めちゃダメなんです！　今のレインさんは、わたしの大事なお友達です！」

「そう……なのですね？」

「はいっ！　はいっ！」

こくこくと、うなずく。

「……では、信じます。わたくしはフェリスを信じていますから」

エリーゼ姫は静かに黒雨の魔女を見据えた。レインは意外そうに目を見開く。

「バステナがわらわを受け入れると言うのか。どんな国々よりも貪欲で、わらわの宝を決して放そうとしなかったのに」

「あなたの戦った時代には、そうだったかもしれません。始祖の過ちは、末孫たるわたくし、エリーゼ・ジ・バステナがお詫《わ》びいたします。和睦くださいませ」

「詫びられて、今さらどうなるものでもないわ。ヨハンナは……殺された。わらわは歳月を奪われた。その歴史は変わらぬ」

「…………っ」

エリーゼ姫は唇を噛《か》む。

「だが、争おうとも思わぬ。気づいておらぬだろうが……子孫であるそなたには、始祖の面影などもうとっくに消えておるのじゃ。血は水のように薄まっておる」

レインは肩をすくめて笑った。

周囲の空気が緩み、アリシアとジャネットが大きく息をつく。伝説の魔女と王族の対決なんて、近くで見守っていたら心臓がいくつあっても足りない。

フェリスはエリーゼ姫とレインの手を取る。

「じゃあっ、みんなで一緒にあちこち見て回りませんかっ？　お化け屋敷の他にも、いっぱい面白い出し物があるんです！　おいしーものとか、一緒に食べたいです！」

「ええ、是非」

「どうせ暇じゃ、好きにせよ」

王女と魔女が微笑する。

「行きましょー！」

フェリスは二人と手を繋《つな》ぎ、元気に駆け出した。

校舎の中もすっかりヴァルプルギスモードになっており、派手な飾り付けで普段とはまったく違って見える。極彩色の風船が浮いて、天井に敷き詰められている。付与魔術で簡易生命を与えられた紙切れが窓を動き回り、次々と形の変わるアートを披露している。

廊下を行き交う人々も、魔法学校の生徒たちだけではなく、トレイユの街の住民や、王都からの見物客、大陸各地から集まった魔術師など、実にバラエティ豊かだ。魔法学校の卒業生が多い魔術師たちに言わせれば、ヴァルプルギスの夜は同窓会のようなものだったりする。

トレイユの街にとってはまさにかき入れ時で、宿屋は満杯だし、酒場やレストランは魔術師の予約で埋まっている。そのために消費される食材と酒は膨大で、前日からトレイユの街には周辺の農民や商人が群れを成して押し寄せる。ヴァルプルギスの夜は、単なる学校行事に留まらず、国内魔術界の一大イベントなのだ。

フェリスたちは校舎から、群衆でごった返す校庭に出た。遠くから楽隊の音色と、人々の歓声が聞こえてくる。ジャネットがきょろきょろと辺りを見回した。

「四大魔女のうち、惰眠の魔女ラメル様だけ見ていないんですのよね……。またお寝坊していらっしゃるのですかしら……」

「本当にジャネットは有名な魔女が好きね」

アリシアに笑われ、ジャネットは赤面する。

「有名だから好きというより、教えを請いたいという方が大きいですわ。わたくし、もっともっと強い魔術師になりたいんですの」

「だったらレインに教わったらいいんじゃないかな。四大魔女より有名でしょ？」

テテルが提案する。

「それは……」

ためらうジャネット。大災厄を巻き起こした黒雨の魔女に師事するなど考えたこともないし、黒雨の魔女も面倒は引き受けたがらないだろう、と思うのだけれど。

「わらわは別に構わぬぞ。見たところ、そなたは闇魔術の適性もありそうじゃ」

「どういう意味ですの⁉」

「ちょっとつついてやるだけで闇が噴き出しそう、という意味じゃ。心の闇を解放せよ」

「解放したくありませんわ！　いえっ、わたくしに闇なんてありませんわ！」

「まあ、気が向いたら聞きに来い。今後のことを考えるなら、女王の周りは強力な魔術師が固めておいた方がよい」

「ありがとう……ございます」

意外すぎる申し出に、ジャネットは目を瞬いた。

その様子を間近で眺めるアリシアも、レインに対する認識を改める。ひょっとしたらレインは、フェリスのことを心配しているのかもしれない。レインのように道を踏み外して惨劇を繰り広げることを危惧しているのかもしれない。実際、もしフェリスが悪に染まってしまえば、世界は今度こそ滅びを免れないだろう。

そんなアリシアの思案をよそに、フェリスは全力でお祭りを満喫していた。

「向こうに売店がありますっ！　お菓子のいい匂いが……」

駆け出そうとして、びくりと止まる。

その屋台には、イライザ先生が鬼の形相で立っていた。ふりふりのエプロンを身につけているが、まったく似合っておらず、鍛冶屋《かじや》の前掛けのように見える。まずもって体格が良すぎる。

隣で売り子を手伝うミランダ隊長の方はエプロンによく馴染《なじ》み、トレイユの街のお菓子屋さんと言われても違和感のない出《い》で立ちだ。

エリーゼ姫が小首を傾げる。

「あの方はなにか怒っているのですか？」

「怒ってないよ。イライザ先生はあれが生まれつきの顔だよ」

「まあ……それは大変ですね。なんとか助けてさしあげられたらよろしいのですが」

「助けてほしいとは思っていないかと……」

アリシアは一応念を押しておく。さすがのイライザ先生も王族に喧嘩《けんか》を売るほど凶暴ではないはずだが、確信が持てない。

売店のカウンターには、丸いお菓子がたくさん並べられていた。二枚の小さな生地にクリームを挟み、チョコレートや粉砂糖でコーティングされている。色とりどりの品揃《しなぞろ》えは、まるでアクセサリー屋さんのショーウィンドウを覗《のぞ》いているかのようだ。

「わー、かわいーですー！　これ、なんなんですかっ？」

興味津々で見つめるフェリスに、エリーゼ姫が教える。

「マカロンですね。甘くて、ふわふわしていて、とっても美味しいですよ」

「まかろん！　わたし、まかろんって食べたことないですっ！」

イライザ先生が腕組みしてフェリスを睨《にら》み下ろす。

「……買って行きますね？」

「は、はい……」

買わないと潰す、みたいな威圧感だった。屋台の商品はほとんど減っていない様子。イライザ先生の放つプレッシャーが凄まじくて、客が寄りつかないのだ。材料が無駄になりそうで困っているイライザ先生だけれど、そのようなことはおくびにも出さない。教師が生徒に舐《な》められてはいけないと考えている。

ミランダ隊長がレインを見て目を丸くした。

「え!?　こく――――」

「しーっ」

黒雨の魔女、と叫ばれそうになり、アリシアが唇に指を当てて止めた。ミランダ隊長は黒雨の魔女が封印されていた祠《ほこら》の調査を仕切っていたから魔女の顔を知っているが、イライザ先生は知らない。

「なんですか？」

「い、いえ！」

怪訝《けげん》そうなイライザ先生に、ミランダ隊長は首を振った。カウンターの向こうから回り込んできて、アリシアたちのそばで声を潜める。

「ちょ、ちょっと、どういうことですか……？　なぜ彼女がこんなところに……？」

「校長先生のはからいで、魔法学校に通っているの。もう噛《か》んだりしないから大丈夫よ」

「わらわを野犬のように扱うな」

レインは眉をひそめる。

「名前はレインさんよ。校長先生とロッテ先生以外には、正体は秘密にしてもらえるかしら」

「もちろん黙っていますけど、そういうことじゃないんです！」

ミランダ隊長は声を荒げた。

「……え？」

「どうしてもっと早く教えてくれないんですか！　彼女が魔法学校にいると分かっていたら泊まり込みで、いいえ、学校に住み着いて、ひたすら調査したものを！」

「ああ……」

だからこそミランダ隊長には知られたくなかったのだ、なんてことは言えないアリシア。ミランダ隊長の好奇心で引っかき回されたら、平和な学校生活どころではない。

イライザ先生が苛立たしげに告げる。

「なにをこそこそ話しているのですか。さっさと買って、さっさと帰りなさい」

およそ客に対する態度ではなかった。教師から店員に転職した暁には、イライザ先生は即日解雇されるだろう。

ミランダ隊長はカウンターの向こうに駆け戻る。

「すみません、おねーさま。昔の知り合いによく似ていたもので！」

「あなたはもっと店員の自覚を持ちなさい。お客様が来ているのですよ」

「おねーさまがそれ言います!?」

イライザ先生は揺るぎなく説き聞かせる。

「店員とは、客の胃袋にできる限り効率的にマカロンを詰め込み、できる限り効率的に財布をむしり取る存在。そういう自覚を持ちなさい」

「えええ……無茶苦茶な……でもそれでこそおねーさまです！」

ミランダ隊長は尊敬の眼差しでイライザ先生を見上げた。イライザ先生ならなんでも構わない辺り、フェリスに対するジャネットの態度に近かった。

イライザ先生が少女たちを見回す。

「さあ、どれを注文するのですか。ちなみにこのマカロンは、ただのマカロンではありません」

「ばくはつ……するんですか」

フェリスが恐る恐る尋ねた。

「爆発はしません」

「食べたら悲しい気持ちになる……とかですか」

「そんな魔術は仕掛けていません。単純に、当たりつきのマカロンなのです。百個に一個の割合で、中にちょっとしたものが入っています。当たったら賞品をあげましょう。もし当てることができたら……ですが。きっとあなたたちごときには無理でしょうね」

無駄に挑発的だった。テテルが手を挙げる。

「はいはーい！　匂いを嗅いで当ててもいいの!?」

「駄目に決まっています。己の運を信じなさい」

イライザ先生が肩をそびやかした。もはや教師と生徒のプライドを懸けた闘いである。

エリーゼ姫は胸に手を添え、毅然とイライザ先生を見据える。

「ならば、店ごと買い取りましょう。そうすれば必ず当たりを引けるはず。支払いは王宮に請求してください」

「姫！　体に悪いことをなさらないでください！」

御付きの宮廷騎士が苦情を言う。いつ毒を盛られるか分からないから宮殿の外での買い食いは控えてほしいのに、この姫殿下ときたらしょっちゅう外で妙なものを食べてくるのが頭痛の種なのだ。いっそお小遣いを渡さないでもらいたいのだけれど、そのような進言をすれば首が飛ぶのは宮廷騎士の方だ。

アリシアがまとめて支払いを済ませ、少女たちはイライザ先生からマカロンを一個ずつ手渡される。やわらかくて、少し力を入れるだけで潰れそうな感触だ。

レインは訝《いぶか》しげにマカロンを眺めると、端の方から慎重にかじった。

「む……？　旨いではないか……。これは……なんと……」

漆黒の瞳が大きく見開かれる。たちまち平らげ、満足げに息をつく。

「素晴らしい。今の時代には、これほど旨いモノがあるのじゃな」

頬を上気させ、珍しく曇りのない表情で笑っている。

「良かったです、レインさんが楽しそうで」

フェリスも笑った。

「……楽しそうか？」

「はい！　いつもつらそうにしてるから、レインさんの笑顔を見られて、すっごくうれしーです！」

「そうか……わらわは楽しそうなのか……」

レインは信じられぬといったふうに、手の平で頬に触れている。

アリシアは母親が亡くなってから初めて笑ったときのことを思い出した。あのときは、自分がまた笑えるなんて不思議だったし、母親をさしおいて笑っていてもよいのか分からなかった。けれど多分、生者がいつまでも苦しみ続けるのは、死者にとっても本意ではない。

フェリスがマカロンをぱくつく。途端、その体が凍りつき、口がいっぱいに開いて、顔全体が震え始める。

「しょ、しょっぱいですぅぅぅ……」

「なんじゃ、その顔は」

レインが吹き出した。

「しょっぱいんです……甘くないんです……お菓子じゃないです……」

フェリスは涙目である。美味しいものを食べられると期待していたのに、とんでもなくまずい。しかもクリームの部分がやたらとジャリジャリしている。

イライザ先生が眉を上げた。

「岩塩です。おめでとうございます、当たりですよ」

「うう……はずれだと思うんですけど……」

フェリスは悲しみに満ち溢《あふ》れていた。

「見事当たりを引いたフェリスには、賞品をあげましょう」

「賞品！　なんですかっ⁉」

目を輝かせるフェリス。ショックからの立ち直りが非常に早い。既に直前の出来事はほとんど頭から吹き飛んでいる。

イライザ先生は屋台の奥に引っ込んだ。木箱の中から大きな袋を取り出し、フェリスの腕に抱えさせる。

「岩塩です」

「おしお……」

フェリスは袋を見つめた。

「トレーニングなどで汗を掻《か》いたときに舐《な》めなさい。塩っ気が足りないと、倒れてしまいますから」

「ありがとうございますっ！　たくさん舐めます！」

「よかったね、フェリス！」

祝福するテテル。

「はいっ！　これでしばらく塩には困りません！」

フェリスは重い塩の袋を全身で抱え、一生懸命に運ぶ。

「塩で……いいんですのね……」

「そうみたいね……」

ジャネットとアリシアは微妙な表情である。フェリスが喜んでいるなら水を差す気もないが、他の生徒ならがっかりしてしまうところだろう。そしてイライザ先生は相変わらずプレゼントのセンスがおかしい。

立ち並ぶ屋台を見物しながら校庭を歩いていると、戦闘訓練場に人だかりができているのに出会った。

いつもは厳しい訓練が行われている場内、魔法結界に包まれた内部に、今夜は色とりどりの球体が浮かんでいる。球体のサイズは、大人の両腕で抱えられるぐらい。同じ球体が地面にも敷き詰められている。

「これは……なんでしょう？」

首を傾げるエリーゼ姫。

「なんでしょう……？」

首を傾げるフェリス。戦闘訓練場の前からロッテ先生が近づいてくる。

「これはねー、先生たちが開発した、『ボールプール』なのです！」

えっへんと胸を張り、得意気である。

「ぼぉるぷぅる？」

きょとんとするフェリス。初めて耳にする単語だ。

「あのボールにはね、念動魔術が付与されてるの。ボールに乗って行きたい場所を念じると、魔術が使えない人でも空を飛べるんだよ。落ちても痛くはないし、今日の戦闘訓練場の魔法結界はソフトにしてあるから、ぶつかっても大丈夫だよ」

「でも……おねだんって、おたかいんですよね……？」

フェリスは心配した。ロッテ先生は元気にVサインを突き出す。

「初めての人はタダ！　落ちない限りずっと乗っていていいから、上手に乗れれば一日中乗っていられるよ！」

「一日中！　わたし、ぼぉるぷぅるしたいですっ！　一日中乗りたいですっ！」

「興味津々ですわね」

「だけど、開発されたばかりなのよね？　なんだか危ない気がするのだけれど」

保守的なアリシアは眉をひそめるが。

「楽しそー！　やるやる！」

「わたくしもやってみます。せっかくですから」

テテルとエリーゼ姫がさっさと戦闘訓練場に乗り込んでいく。そうなってしまえば、エスコート役の少女たちに逃げるという選択肢はない。それぞれ自分の好きなボールを選び、上に座って移動の方向を念じる。

「ひゃあああああああああああっ⁉」

そして吹っ飛ぶフェリス。

「これはなかなか難しい……わ……」

必死にバランスを取るアリシア。

「フェリスはわたくしが守りますわきゃあああああああ！」

雄々しく叫びながらジャネットも飛ばされていく。念動魔術はあまり鍛えていないし、ボールの操作方法が独特すぎて慣れない。

「わー！　これきもちー！」

テテルはボールに座って縦横無尽に戦闘訓練場を飛び回り、歓声を上げている。飛行魔術も使えないから、これまで魔法のホウキも操縦できなかったけれど、このボールなら自由に空を満喫できる。

レインも平然とボールに腰掛け、優雅に脚まで組んでくつろいでいる。

「フン。バランスというものを理解しておらぬのか。雑念も多すぎる。もっと念動魔術のみに思考を振り分け、他の思考から隔離せんか」

「大昔の魔女に魔術で勝てるわけがありませんわ！」

「まあ、そなたが大昔の人間に敗北を認めるというのなら、それもよいかもしれぬ。無理をするなよ、恐ろしく遅く生まれた赤ん坊」

「くっ………」

分かりやすい挑発だが、それに全力で応じてしまうのが分かりやすいジャネットである。

「そこまでおっしゃるなら……こちらにも意地がありますわ！」

敢然と言い放つや、ボールに手を突き、膝をぷるぷるさせながらもゆっくりと立ち上がる。両腕を真っ直ぐ左右に広げ、かっと目を見開く。

「ジャネットが……」

「ジャネットが立った……！」

驚嘆するエリーゼ姫とアリシア。

「どうです!? これがラインツリッヒの底力ですの！　わたくしに不可能などございま……すわあああああっ！」

ジャネットが叫びながら墜落する。地面のボールの沼に突っ込み、完全に埋もれる。水ではないから窒息するわけもないのに、ぶくぶくぶく、なんて溺れかけている。

「名誉の戦死だわ」

「死んでませんようっ！」

フェリスはジャネットを助けに行こうとして、また吹き飛んだ。意外と余裕でボールを乗りこなしているエリーゼ姫が、フェリスを抱き止める。

そのとき、中央広場の方から、鈍い爆発音が轟《とどろ》いた。地面が揺らぎ、敷き詰められていたボールが跳ねる。戦闘訓練場の魔法結界までが軋《きし》む。急に空気が重苦しく、淀《よど》んだようになって、少女たちの肩にのしかかってくる。

「花火、かしら……？」

アリシアは嫌な予感がした。花火の予定時刻は、まだ先だったと記憶している。予定を変更したという可能性も考えられるが、しかし。

エリーゼ姫がボールで浮き上がり、広場の方角を見渡す。

「いえ……花火ではないようですね。魔女が人を襲っています。あれは……惰眠の魔女ラメルでしょうか」

「惰眠の魔女ラメル様⁉　どうしてあのお方が⁉」

耳を疑うジャネット。

爆音が立て続けに響き渡り、悲鳴が聞こえてくる。混乱がなまなましい悪臭を伴って押し寄せてくる。楽しかったはずのヴァルプルギスの夜に、真の夜が訪れていた。

第三十二章『お化け屋敷』

校庭の中央広場。一際多くの屋台が集まり、見物客で賑《にぎ》わっていたエリアに、嵐が暴れていた。屋台が巻き上げられては地面に叩《たた》きつけられ、木っ端微塵《こっぱみじん》になる。地面が陥没して周囲の人間が吹き飛ばされ、抗いようもなく転がる。パニックに陥った人々が我先にと逃げていく。

混乱の中心にいるのは、惰眠の魔女ラメル。ゆったりとしたドレスをまとい、まつげの長い瞳を眠たげに細めている。惰眠の魔女は酷薄な笑みを浮かべ、杖を掲げる。

「さあ、皆さん、もっと踊りなさい。狂いなさい。敵対者たる私を憎み、死力を尽くして戦うのです。殺すのです……怒りのままに！　ふふ……ふふふふふ……！」

その声に滲《にじ》んでいるのは、愉悦。杖の先端に闇黒の魔法陣が展開され、次々と闇色の球体を放っては破壊の限りを尽くしている。

エリーゼ姫が眉を寄せる。

「惰眠の魔女ラメル……王家にまつろわぬ大魔女の一人ですが、決して悪しき者ではなかったはず。なぜこのような凶行に……？」

アリシアも訝《いぶか》る。

「それに、惰眠の魔女は幻惑魔術が得意だと聞いています。ああいう直接攻撃より、相手の心を操ってからかうのが好みだそうですが……」

「あれは闇魔術じゃな。この矛盾、そなたらのちっぽけな頭脳で解けるかのう？」

レインは皮肉っぽく唇を吊《つ》り上げて笑う。

「そんなこと言ってる場合じゃないよ！」

「せっかく学校に来てくれたお客さんが怪我《けが》しちゃいます！」

フェリスたちは中央広場へ走った。逃げる群衆の流れに逆行しているせいで、ジャネットは何度も突き飛ばされ、フェリスは何度も踏み潰されそうになる。

テテルだけは群衆すら吹き飛ばして走っているが、これは助けようとしているのかしていないのかよく分からない。同行しようとするエリーゼ姫を宮廷騎士が威信にかけて止めるものの、エリーゼ姫は身軽にすり抜ける。

フェリスたちが中央広場にたどり着くと、惰眠の魔女ラメルは肩をそびやかした。

「おやおや……、この私に向かってくるとは、なかなか度胸のある子供たちではありませんか。どうです、私に全力で攻撃してみますか？」

「け、喧嘩《けんか》はしたくないです！　なんで怒ってるんですか？　屋台のくれーぷが熱すぎたとかですか⁉　だったらごめんなさいしますからっ！」

フェリスは必死に頭を下げる。

「そのくらいでここまで暴れないと思うわ」

　指摘するアリシア。

「フェリスが謝る必要もありませんね。ここはわたくしが謝罪しましょう」

「姫殿下が謝罪する必要もないと思いますけれど……」

　意見するジャネット。レインがフェリスに身を寄せ、耳元でささやく。

「フェリス、真実の女王よ。叡智の源、真実のイデアたるそなたなら、奴の正体が見えるはずじゃ。よく目を凝らしてみるがよい」

「目を凝らす……ですか？」

　嫌な予感がしながらも、フェリスは言われた通りにしてみた。

　すると、見えてくる。惰眠の魔女ラメルの向こう、その内側に、邪悪な笑みをたたえたローブの魔術師が。忘れもしない、あの長いローブ。あの邪悪に満ちた相好。それはナヴィラの里で目にしたものと同じで。

「あ…………あ…………」

「どうしました……？」

　震えるフェリスに、エリーゼ姫が心配する。

「あれ、多分ラメルさんじゃないです！　探求者たちです!!」

「探求者たち!?」

少女たちは青ざめる。ラドル山脈を戦火に染めようとした教団が、ここまで攻めてきたのか。最大の安住の地、第二の故郷とも言うべき魔法学校を侵食されるのは、足元が凍りつくような恐怖だった。

惰眠の魔女ラメル、いや、悪意に満ちた侵入者が、体をくの字に折って腹を抱える。

「まさかこうも早く見破られるとはな……。くく……くくく……やはりあなたは面白い……。我らの常識が、ことごとく覆される……ああ、ああ、なんと素晴らしいのだ！」

麗しいラメルを中心に闇が弾け、中から醜悪な術師が姿を現した。おどろおどろしいフードの中で、眼が血走っている。裂けて血の滲《にじ》んだボロボロの爪、朽ち果てた歯。病的に青白い肌には、漆黒の魔紋が浮き出て明滅している。

禁術に身を侵された、『探求者たち』の術師。その喉から、しわがれた声が溢《あふ》れた。

「ほら、私を殺してみなさい。あなたの魔術を使ってみなさい。さもなければ……この場の全員が死にますよ？」

「ど、どしてそんな酷《ひど》いことするんですか!!」

フェリスは握り締めた手をわななかせた。

「どうして？　くくっ……分かりきったことでしょう。さあ、おやりなさい。私の臓腑《ぞうふ》を引き裂いてみなさい。私は殺す、あなたは止める、それだけの話です」

「なにか……企んでいるみたいね。うかつに動かない方がいいわ」

アリシアは警戒してフェリスの肩を押さえた。ラドル山脈で遭遇したのと同じ術師なら、相手は罠《わな》を張り巡らすことを好む謀略家のはずだ。ロバートに偽装した魔法生物やロバートの腕輪に謀られたことを、アリシアは今でもよく覚えている。

「様子見をする暇など、あなた方にはないのですがね」

術師が節くれ立った杖を掲げた。ひび割れた唇から言霊が紡がれる。

「苦痛の叫びよ、無知の慟哭《どうこく》よ、闇となりて像を成し、愚かなる民を滅ぼしたまえ——エクレストクレッジ」

杖の周囲に魔法陣が展開された。陣内の文字一つ一つが禍々《まがまが》しく軋《きし》み、身悶《みもだ》えするように震えている。魔法陣から真っ黒な帯が産み出され、咆哮《ほうこう》と共に放たれた。帯は無秩序に蛇行し、触れた建物や木を呪いに染めながら、フェリスたちに迫ってくる。

そこへ、イライザ先生を始めとする武闘派の教師たちが駆けつけた。陣形を組み、魔法結界を張る。

「後ろに下がりなさい！　生徒は避難を！」

術師の浴びせる闇の魔術を、イライザ先生の結界が阻止する。弾かれた帯が辺りの屋台を薙《な》ぎ払い、漆黒の炎で燃え上がらせる。数人の教師が結界を砕かれ、呪いを受けてうずくまる。その顔に血管が浮き上がり、ドス黒く脈動する。

『探求者たち』の術師が醜く唇をめくり上げた。

「よろしいのですか？　フェリス、あなたが逃げれば、彼らは死にますよ？　あなたが私の相手をしてくれるのなら、教師たちは見逃してあげても構いませんが」

「戯《ざ》れ言《ごと》に耳を貸してはなりません！　逃げなさい！」

イライザ先生が怒鳴る。

「わ、わたしっ、どうしたらっ……!?」

先生の言うことは聞かないといけないが、術師の脅しも怖い。探求者たちの恐ろしさは、身をもって知っている。本能としては逃げたいし、狭いところに隠れたい。けれど、大勢の人が苦しむのを見過ごせない。フェリスは混乱する。

レインが鼻を鳴らす。

「放っておけ。教師の命など、フェリスの関知するところではない。生徒の責任でもなかろう。好きに殺させておけばよいのじゃ」

「でもっ……！」

この毒杯ばかりは、フェリスも呑めなかった。先生たちのことは大好きなのだ。いろんなことを教えてくれて、みんな優しくお世話してくれて。イライザ先生はちょっぴり怖いけれど、怪我《けが》なんてしてほしくない。

「そもそも……本当に殺すつもりなのかも、分からぬしのう……」

レインは蛇のように目を細めて術師を見据えた。

「え？　どゆことですか……？」

困惑するフェリス。殺すと言っているのだから、殺すのではないのだろうか。欺瞞《ぎまん》や奸計といったものは、フェリスの理解からは遠く離れている。

術師が肩をすくめた。

「敵に我々の意図を漏らすのは感心しませんね、黒雨の魔女よ。せっかく協力してもらっていても、それでは困ります」

「黒雨の魔女……？」

イライザ先生が眉をひそめ、魔法結界を張ったままレインに視線をやる。

「おやおや、気づいていなかったのですか。これだから無明《むみょう》の民は救いようがない。その圧倒的な魔力、存在から染み出す瘴気《しょうき》は、どう考えても常人のものではないでしょう」

術師は宙に手を差し伸べ、授業を執り行うかのように教師たちに語る。愉悦の混じる上ずった声が、阿鼻叫喚《あびきょうかん》の中で高らかに響く。

「王都の消失事件を引き起こした黒雨の魔女が消えたと思った矢先の、急な転入生。その転入生はフェリスと仲が良く、黒雨の魔女が消える直前に接触したのもフェリスだった……となれば、結論は一つではありませんか？　魔女は、フェリスに取り入って魔法学校に潜り込んだのです」

「ち、違いますっ！　レインさんに魔法学校にいてほしいってお願いしたのは、わたしの方なんです！　レインさんは優しいから一緒にいてくれてるだけです！」

フェリスは懸命に訴えるが、教師たちは疑心暗鬼でざわつく。

「確かに……あの子はちょっと変だと思ってたのよね……」「そばにいると気分が悪くなっていたのは、瘴気のせいか……」「なにも分からない小さな子を騙《だま》すなんて……」

教師たちの中に降り積もっていた違和感の灰が、術師のささやきによって火をつけられていた。探求者たちはとかく人の心を操り弄ぶことに長けている。

術師が慇懃《いんぎん》無礼にお辞儀をする。

「感謝しますよ、黒雨の魔女。あなたが内部から結界に干渉して私を引き込んでくれたおかげで、こうやって難攻不落の魔法学校に入ることができたのです。欠席ばかりの惰眠の魔女を偽装するだけでは、入りづらかったものでね」

「なにを言っておるのじゃ……わらわはもはやそなたらと協力関係にはないじゃろう！」

黒雨の魔女が声を荒げると、術師の顔立ちがさらに気味悪く歪《ゆが》む。

「もう隠さずともよいのですよ、黒雨の魔女。そういう段階は終わりました。さあ、あなたのおぞましい力を、存分に振るってください」

「よくも……かようなこと……」

黒雨の魔女が術師を睨《にら》み据える。

「え、えっと……どうなってるのかな……？」

「わたくしたちを利用するため近づいた、なんて……」

テテルとジャネットは当惑する。ヨハンナを想って黒雨の魔女が薔薇園《ばらえん》で流した涙を嘘だとは考えたくないけれど、でも。彼女の涙と彼女の殺意は、必ずしも矛盾するものではない。優しい心を持ちながら、数多《あまた》を殺戮《さつりく》することはできると、隷属戦争の歴史が教えてくれている。

術師の攻撃に用心しながら、教師たちがレインを取り囲んだ。イライザ先生が杖代わりの教鞭《きょうべん》を構え、険しい表情で告げる。

「フェリス、その魔女から離れなさい」

「い、いやです！　レインさんは悪い人じゃないです！」

フェリスはぶんぶんと首を振った。

「黒雨の魔女は史上稀《まれ》に見る大罪人。存在そのものが悪なのです。離れなさい」

にじり寄ってくる教師たちに、フェリスは両腕を広げてレインをかばう。

「違います！　暴れてたときもありましたけどっ、それは悲しい行き違いのせいで！　ホントのレインさんは優しい人です！　わたしはレインさんを信じてます！」

「……っ。…………ヨハンナ」

レインがぽつりとつぶやく。その潤んだ瞳は、フェリスを見ているようで、どこか手の届かない遙か遠くを見ている。

友人たちが顔を見合わせる。

「フェリスったら……あいかわらずね」

微笑《ほほえ》むアリシア。

「わたくしはレインさんを信じるフェリスのことを信じますわ！」

ジャネットがフェリスと一緒になってレインの壁となる。

「ええ。フェリスは間違えません。フェリスは、特別です」

エリーゼ姫も教師たちを見据えて立ちはだかる。

「ジャマする人は、先生だってぶっ飛ばしちゃうかもだよーっ！」

テテルはそう言いながらさっそく手近の教師を二人投げ飛ばしている。いつも指導してくれている相手に対して、遠慮も躊躇《ちゅうちょ》もない。

教師たちが言霊を唱え、生徒の向こうの魔女を滅ぼそうと魔法陣を展開する。彼らの中にも悪意はない。ただ生徒を守らねばならない、その一心で心を閉ざしている。

術師が体を揺すって嗤《わら》った。

「なんたる友情！　なんたる信頼！　しかし滑稽《こっけい》なものですねえ、彼女は真の闇です。我々がこの場の五割の命をもらいうけ、彼女が残りを頂く協定なのですよ！」

「違いますよね、レインさん!?」

フェリスが振り向くと、レインの姿は消えていた。

「え!? いないよ!? 匂いもしない!」

驚くテテル。近くの壁を駆け上って高所から確かめるが、レインは見つからない。

「どこ行ったんですか!? レインさん!? レインさんっ!!」

このままではレインが余計に疑われる。フェリスは必死に呼ばわるが、答えはない。まるでその沈黙がなによりの返答であるかのように。認めたくない事実がフェリスの小さな胸に刺さる。

「そういうことですよ! あなた方は魔女に利用されただけなのです! 信じれば裏切られる! 真実はかの宮殿にしか存在しない! 偽りにまみれた世界に価値はない! くく……くはははは!!」

術師の高笑いが響き渡った。

フェリスは焦る。せっかく黒雨の魔女と仲直りできた、仲良くなっていると思っていたのに、これでは過去の惨劇の二の舞だ。討伐軍が組織され、人類と黒雨の魔女の対立を招けば、隷属戦争の再来すら引き起こされるかもしれない。

だが、そんなことを思い悩む時間さえ、『探求者たち』の術師は与えてくれない。歪《いびつ》な形の杖を高々と掲げるや、異様なまでに萎《しな》びた声で言霊を唱える。

「朗々たる蠱毒《こどく》、悪辣《あくらつ》なる魔の宴よ。深淵の深淵から現れ出《い》で、常世の光を穢《けが》したまえ

――クラウディ・シャドウ」

杖の頂から黒い狼煙が上がり、空を突いた。刹那に広がった魔法陣が景色を白黒に染め、その魔法陣に呼び寄せられるようにして大地から瘴気《しょうき》が幾筋も噴き上がる。

夜空に稲光が走り、暗雲が沸き起こった。群雲は瞬く間に増殖して月と星々を覆い隠し、闇が降り注ぐ。広場や屋台を照らしていたはずの魔法のカンテラも次々と灯りを落とす。

大地に紫煙が行き巡り、地の底から魔物たちが這い上がってきた。目を煌々《こうこう》と輝かせた巨獣が、屋台を踏み潰す。全身の溶解した三本脚の生き物が、苦悶《くもん》に満ちたうめき声を響かせ、無差別に人々を襲っていく。

逃げ惑う生徒、迎撃する教師。楽しかった祭りの会場は、混乱の戦場と化していた。

魔法学校の廊下を、おどろおどろしい魔物たちが徘徊《はいかい》している。

目玉をたくさん寄せ集めて塊にしたような魔物が天井から床まで満たして階段を這い上がっていく。骸骨の戦士が骨を鳴らし、剣先で窓ガラスを軋《きし》らせながら放浪している。姿形は見えないなにかが移動しているのか、ぬちゃり、ぬちゃりと湿った足音が響き、時折咆哮《ほうこう》と悲鳴が上がる。

「た、大変なことになっちゃいました……」

フェリスは友人たちと教室に逃げ込み、小さくなって震えていた。ミドルクラスAではお化け屋敷を出し物にしていたが、その比ではない。学校全体に魔物が蠢《うごめ》き、丸ごとお化け屋敷になってしまっている。

学校の周囲には奇妙な柱が無数に生えて、それぞれに街の住民たちが囚われていた。校外に出ようとして人が近づくと、その住民に雷撃が走る術式が仕掛けられている。要するに見せしめである。

術式を解除しようにも、近寄っただけで人質を傷つけられるようでは、どうしようもない。壁も結界も存在しないのに、魔法学校の教師と生徒たちは学校の敷地内に閉じ込められてしまっていた。

「あー、やっと戻ってこられたー!」

偵察に出ていたテテルが、フェリスたちの隠れている教室に転がり込んでくる。途中で魔物に捕まったのか服はあちこち溶かされているが、本人は至って元気いっぱいだ。他の人々と比べて快活すぎるので、魔術が使えないという一点さえなければ首謀者ではないかと疑われる域である。

「みんな、伝言だよ! 講堂に先生たちが結界を張ったから、そこに避難しろって! 隣の教室にも伝えてくるね!」

早口に告げるなり、止める暇もなく再び廊下へ飛び出していく。室内に残された生徒たちがざわつく。

「ひ、避難って言ったって……」「……ねえ？」「魔物がいっぱい歩いてるよ……？」「無理だよぉ……食べられちゃうよぉ……」

誰もが怯《おび》えている。せめて先生が一人でも同伴していれば違うのだが、その先生と合流するまでが大変すぎる。フェリスたちのように修羅場をかいくぐってきた生徒たちばかりではない。

ジャネットは寒気に足がすくむのを堪えながら、肩を怒らせる。

「なにを言っていますの!? ここにいても安全ではないのですから、少しでも安全なところに行っておかないとダメですわ！」

「でも、途中で魔物に襲われるかもしれないし……」

弱々しく反論する生徒。エリーゼ姫もジャネットの隣に立って生徒たちを見回す。

「身動きが取れるうちに動かないと、魔物が集まってきたら手遅れになるかもしれません。今ならなんとか魔物のあいだを通り抜けて逃げられる可能性がありますから」

「わたくしもラインツリッヒの娘として、皆さんをきちんと送り届けますわ！　傷一つつけさせたりはしませんわ！」

「…………」

教室を満たす、気詰まりな沈黙。皆、やるべきことが頭では分かっていても、気持ちがついていかないのだ。恐怖は理性に抗えない。

手詰まりになったところへ、アリシアが割って入る。

「大丈夫よ、みんな。責任を持ってフェリスが守ってくれるから」

「ふえええええっ!?　わ、わたしがですかあっ!?」

仰天するフェリスに、アリシアが優しく尋ねる。

「できるわよね？」

「あ、え、えと……せいいっぱい、がんばりますけど……」

震えながらうなずくフェリス。すると、生徒たちのあいだに安堵《あんど》が広がる。

「フェリスちゃんが守ってくれるなら」「安心だね！」「フェリスちゃんとなら地獄にだってピクニックに行けるよー」「よろしくね、フェリスちゃん！」

実技の訓練で何度もフェリスの圧倒的な戦闘力を見ている生徒たち、信頼感は抜群である。

「なんですの、この反応の差は……」

ジャネットは、自分がバカにされているようで切ないような、みんながフェリスを認めているのが嬉しいような、微妙な感情に悶《もだ》える。アリシアが『分かっているわ』みたいな微笑で肩を叩《たた》いてくるのが、余計に腹立たしい。

ジャネットは憤慨を込めてアリシアにささやく。

「あ、あなたにわたくしのなにが分かりますの！」

「全部分かっているわ」

「全部だなんて、分かるはずがありませんわっ！　わたくしはそんなに底の浅い人間ではありませんもの！」

「分かるわ。だって、ずっとあなたのこと見てるもの」

「…………っ」

ストレートに言われると、恥ずかしい。そしてアリシアがわざと羞恥心を煽《あお》って遊んでいるのだということが分かるから、悔しさと羞恥心が入り混じって体が高熱に見舞われる。

「こんな……状況で……イジワルですわ」

「ふふふ」

縮こまって睨《にら》みつけるジャネット。アリシアは口元に丸めた手を添えて笑っている。けれど、ジャネットはあんまり嫌ではないし、さっきまで感じていた恐怖と寒気が薄まっている気がする。それもアリシアの計算なのだとしたら、本当に憎らしいし……ちょっと頼もしい。

隣の教室から戻ってきたテテルを先陣に、生徒たちは教室からの脱出を始めた。まずはテテルが匂いで周辺の魔物の密度を調べ、なるべく安全なルートを案内する。雑魚は適当にテテルが殴り飛ばし、ジャネットやアリシア、他の生徒たちが魔術で援護する。大物はフェリスが怯《おび》えながら消し飛ばす。

万が一にも王族に不幸があったら最悪なので、エリーゼ姫は生徒たちの群れの中央に無理やり保護されている。御付きの女騎士はやはり宮廷騎士に任じられるだけあり、獅子奮迅の働きで魔物を屠《ほふ》っていく。

エリーゼ姫が宮廷騎士を見上げて感心する。

「あなた、強かったのですね」

「護衛なら当然です。姫は私のことをなんだと思っていたのですか」

「お小言が得意だからわたくしのお目付役に選ばれたものだと」

「小言が得意になったのは姫の護衛を始めてからです……」

宮廷騎士はやつれきった様子だった。そんな二人の姿を横目に、アリシアは自分もダニエラに苦労をかけていたのだろうかと考えてしまう。

フェリスたちが生徒を守りながら講堂にたどり着くと、そこには既に大勢の人々が避難していた。教師たちが魔法結界で防御を固めているおかげで、魔物は講堂に入れず遠巻きに唸《うな》り声を上げている。

講堂内を見て回っていた校長が、フェリスたちに気づいてやって来る。

「おお、お主らも無事だったのじゃな。ロッテ先生が捜しに行ったきり帰ってこないから様子が掴《つか》めんかったが、よかったよかった」

「ロッテ先生、いないんですか⁉　だいじょぶでしょうか……」

フェリスは心配する。

「なぁに、あの子なら心配は要らぬよ。おおかた、どこかで昼寝でもしとるんじゃろ」

のほほんとしている校長。

「この状況でお昼寝なんてできたらびっくりしますわ……」

ジャネットが呆《あき》れる。そんなことができるのは、歴戦錬磨のウィルト卿――校長ぐらいのものだ。

今も講堂には次々と生徒が避難してきており、それを入れるときだけ教師が結界の一部を開き、くぐり終えると再び閉じていた。魔物たちも出入りのタイミングを狙ってくるので、迎撃要員の教師も控えている。

恐怖に青ざめながらも生徒の多くは五体満足だったが、中には負傷している者もいて、呪術医や生活魔術の教師が治療に追われていた。

「ふあ……疲れました」

フェリスがぺたんと床に座り込む。

「お疲れ様。よく頑張ってくれたわ」

アリシアがフェリスの頭を撫《な》でる。フェリスにばかり負担を強いていたのは申し訳ないけれど、生徒たちの避難はフェリスにかかっていた。

「とりあえず、ここなら安全地帯だよね？」

「いつまで保つか分かりませんわ。講堂の外は化け物だらけですし……」

「救助……いつ来るのかしらね」

「お風呂は入れませんわよね……」

空気が重苦しい。講堂の中に人が密集しすぎているせいか、限られた空間に閉じこもっていることゆえの圧迫感か。王都から魔術師団が駆けつけてくれるとしても、すぐには難しいだろう。そもそも救助が呼ばれているかどうかさえ分からない。

沈む少女たちに、エリーゼ姫が告げる。

「でもわたくしは、皆さんと一緒にいられるわけですから、いつまでも閉じ込められていたいです」

「え……？」

アリシアは目を瞬いた。

「だって、みんなでお泊まり会をしているようではありませんか。ちょっぴり楽しいです。皆さんと魔法学校で暮らしたいと、ずっと願っていましたから。こんなときにわたくしったら、いけませんね」

エリーゼ姫は悪戯《いたずら》っぽく舌を出してみせた。

「姫殿下……」

ジャネットも頬を緩める。

「確かにお泊まり会だよね！　屋根はあるから雨が降っても濡《ぬ》れないし！」

「わたしもエリーゼさんとお泊まり会したいですっ！　寝るまでいーっぱいおしゃべりしたいですっ！」

「ええ。たくさんお話しいたしましょう」

はしゃぐフェリスの手を握って、エリーゼ姫はにっこりと笑う。口うるさい宮廷騎士も仕方なさそうに笑っている。

一気に空気が明るくなり、アリシアはエリーゼ姫の配慮に感服した。エリーゼ姫は皆の心を軽くするために、あえて自分の欲望を出してみせたのだ。普段は無鉄砲なところが目立つけれど、やはりエリーゼ姫は幼くして王族。臣下を鼓舞する技量に長けている。

少女たちが壁に背を預けて休んでいると、校長のところに教師が走っていくのが見えた。教師は慌てた様子で校長に話しかける。

「校長先生！　解呪薬のストックが切れてしまったのですが、どこかに備蓄はありませんか!?」

校長は首を振る。

「ワシも方々に聞いて回ったんじゃが、ないようじゃの」

「そうですか……早急に手当てが必要な生徒が、何人も運び込まれてきたのですが……呪いに全身をやられて、高熱を出して苦しんでいます」

教師は冷や汗を掻《か》いている。校長は顎髭《あごひげ》をいじって思案する。

「困ったのう……水や食糧も足りぬようになってきたし、ここは一度、講堂の外に部隊を派遣して必要物資を回収してきてもらった方がよいじゃろうな。ワシは結界の維持があるから離れられんし、お主らでやれるかの？」

「それが……私たちも治療や防衛で手一杯でして……とても外に出る余裕が……」

すまなそうに語る先生は消耗しきっている。自分も怪我《けが》をしているのに、手当てを受ける暇もないらしい。見ていられなくなったフェリスが手を挙げる。

「は、はいっ！　じゃあわたしがやりますっ！　ごはんとおくすり取って来ますっ！」

「おつかい、できるかの？　危険じゃぞ？」

校長は目をぐるりと回し、試すように、でもちょっとおどけた口調で尋ねる。

「だいじょぶです！　アリシアさんのおつかいも時々させてもらってるんです！　狭いところに隠れるのも得意ですっ！」

「……ハムスター？」

アリシアが首を傾げる。

「それじゃ、わたくしについて来なさい！　フェリス！」

「はい！　ジャネットさんについて行きますーっ！　たのもしーですーっ！」

「そそそそうですわ！　わたくしは頼もしいのですわ!!」

などと胸を張るジャネットの膝はがくがくである。正直もう二度と講堂から出たくない、安全な結界の中に閉じ籠《こ》もっていたいが、フェリスを一人で行かせるわけにはいかないし、怯《おび》えているところを見せるわけにもいかない。これがラインツリッヒの矜持《きょうじ》だ。

そんなジャネットをフェリスは、

——ジャネットさんのそばにいれば安心です！　かっこいーです!!

と、きらきらした瞳で見上げる。ジャネットの意地はちゃんとフェリスには有効だ。アリシアやエリーゼ姫には恐怖を気づかれているものの、優しい二人はあえてそこには触れない。

「わたくしも参ります。民の生活を守るのは王族の務めですから」

「姫!?　なにを考えているのですか！　姫の御身に万が一のことがあったら私は斬首モノです！」

宮廷騎士の女性から抗議され、エリーゼ姫はにっこりと笑って手を合わせる。

「はい。ですから、いざというときは首を斬られてください」

「嫌です！　どうしても姫が無茶をなさると言うのなら、私にも考えがあります！　姫が細工師にこっそり作らせている彫像のことを、フェリス様に話してしま——」

言いかける宮廷騎士の口を、エリーゼ姫が秒速で塞いだ。

「ちょうぞう……？　なんのことですか……？」

きょとんとするフェリス。エリーゼ姫は焦った様子で首を振る。

「いえいえ、なんでもありません。フェリスが気にすることではないのですよ」

宮廷騎士の方に向き直ると、顔を寄せてささやく。

「あなたとは少し、話し合いが必要なようですね。今後の処遇とボーナスを含めて、ね」

「どんなに話し合おうと、姫に無茶だけはさせません」

エリーゼ姫と宮廷騎士は腕を組み合い、睨《にら》み合いの火花を散らして、講堂の隅へ去っていく。残された少女たちは唖然《あぜん》とする。

「なんていうか……なんのかんの仲良しだよね、あの二人」

「私とダニエラみたいに、小さな頃からずっと一緒にいるでしょうしね」

姫の背中を見送るアリシアは、『彫像』のモデルが誰なのか勘付いてしまい、永遠に黙っておこうと心に決める。王族の秘密を暴いたら消されてしまう危険性がある。

教師に講堂の結界を開いてもらい、フェリス、アリシア、ジャネット、テテルの四人は魔境へと出発した。魔境といっても、普段生活している学校なのだが、その事実に確信が持てないぐらい、廊下はドロドロのぐちょぐちょだった。

人間の指を象《かたど》った二足歩行の魔物、頭が無数に生えた馬のような魔物など、おぞましい異形が徘徊《はいかい》している。瘴気《しょうき》に侵された壁が半ば溶け、数多くの眼玉が渦巻いては密集し、また分散するのを繰り返す。気味の悪いことにその眼玉はフェリスたちを凝視しており、壁を伝って追いかけてくる。

アリシアは火魔術で魔物を倒しながら進む。

「うちのクラスのお化け屋敷よりクオリティが高いわ……」

「感心している場合じゃありませんわ！　相手は本物の化け物なんですのよ！」

ジャネットは左手でアリシアの袖を掴《つか》み、右手でマイステッキを握り締めて、攻撃用の風魔術を放っている……しかし。

「目をつぶってたら攻撃は当たらないと思うなー」

指摘するテテル。

「仕方ないでしょう!?　これでもこのわたくし、ジャネット・ラインツリッヒは、客として入らされたお化け屋敷で目を開けたことは一度もありませんの！」

「誇らしげに言うことかしら……」

アリシアは呆《あき》れる。

「ふぁぁぁ……次から次へと出てきますぅ……」

フェリスは光魔術で魔物を倒していくが、さすがに疲れは否めない。そんなフェリスの頭の中で、レヴィヤタンの声が響く。

『女王様……もはやこれは学校ごと浄化した方が早いかと。消し飛ばしましょう』

「消し飛ばしたらダメですよ!!」

いきなり叫ぶフェリスに、ぎょっとするジャネット。

「えっえっ、ダメですの⁉　どうしてなんですの⁉　なにがどーなってますのーっ⁉」

「諦めて目を開けなさい」

ジャネットのまぶたを無理やり開けようとするアリシア、まぶたの力で抵抗するジャネット——混沌《こんとん》である。

突進してきた大きな指の魔物を、テテルが掴《つか》んで放り投げる。指の魔物は醜い悲鳴を響かせて壁に叩《たた》きつけられる。指の魔物が破裂し、四散して小さな指の魔物になり、それが甲高《かんだか》い喚声と共に押し寄せてくる。

アリシアは怖気を震いながら最大出力の火魔術を放ち、指の群れをまとめて焼き払った。魔物の攻撃自体よりも精神に与えられるダメージの方が大きい。特に生理的嫌悪を掻《か》き立てる魔物を選んで徘徊《はいかい》させているようにすら思えてくる。

少女たちが保健室に入ると、休憩用のベッドの毛布が少し膨らんでいた。誰か寝ているのかと心配し、フェリスが声をかける。

「あ、あの、具合悪いんですか？」

「ここにいたら危ないよ？　あたしが運ぼうか？」

テテルが毛布を無理やり引っ剥がすと、中から飛び出してきたのは豚に似た魔物。真っ黒に焦げた体に瘴気《しょうき》を滲《にじ》ませ、五つの眼球が血走って、牙のびっしり生えた大顎を全開にする。

「ブゴオオオオオオ!」

「ぴゃあああああっ⁉」

フェリスが反射的に突き出した手から魔法結界が放たれ、魔物を貫いて粉砕する。一撃である。だというのに、本人は怯《おび》えきってアリシアにしがみつく。

「こ、こわかったですぅぅぅ……」

「よしよし。びっくりしたわね」

アリシアはフェリスの頭を撫《な》でる。実力を考慮するならこの世界に恐ろしいモノなど存在しないはずなのだが、なにせフェリスが魔術の才能に目覚めたのはごく最近のこと。生まれながらの臆病な性格はそう簡単に変わらない。

一方、テテルは目を皿のように見開いて尻餅を突いていた。暴れる心臓を押さえ、ふらつきながら立ち上がる。

「ハバラスカさんも怖がることってあるんですのね」

「そ、そりゃあるよ。………あたしだって」

少し恥ずかしそうなテテル。照れ隠しのようにやたら上手な口笛を吹き、保健室を行き巡って安全確認をする。ベッドを毛布の上から岩でも砕ける勢いで叩《たた》いて確かめているが、万が一にも生徒が入っていたら即死なのではないかとアリシアは心配になる。

「解呪薬が置いてあるのはここかしら……痛っ」

机の脇の戸棚を開けようとすると、戸の表面に魔法陣が広がり、雷撃と共にアリシアの手が弾かれた。

「だいじょぶですか、アリシアさん⁉」

「ええ、ぴりっとしただけよ。呪術医の先生じゃないと開けられないよう、封印魔術がかかっているみたいね」

「どうしましょう……？」

「ちょっとフェリスが開けてみてもらえる？」

「え……？」

アリシアがフェリスの腋に手を差し入れて抱き上げ、フェリスが戸棚に手を触れる。すると、戸の表面に魔法陣が浮かび上がって砕け散り、戸が難なく開いた。

「ナイス、フェリス！」

テテルはガッツポーズを取った。

「フェリスなら、王宮の宝物庫からだってなんでも盗み出せそうね」

「ど、どろぼうなんてしませんようっ！」

「今やってるよ?」

「あ、ホントです……わたし、どろぼうさんになっちゃいました……」

かたかたと震えるフェリス。

「校長先生の許可をもらっているんですから、泥棒ではありませんわ」

「そでした！　よかったです……」

フェリスは小さな胸を撫《な》で下ろす。魔石鉱山にいた頃、親方たちが『パン泥棒をぶちのめしてやった』と話すのを聞いたことがあるから、泥棒がいけないことだというのは知っている。大好きな先生たちにぶちのめされるのは嫌だ。

少女たちは解呪薬や解毒薬、魔力増幅剤、薬草など、なるべく多くの魔法薬を荷袋に詰め込むと、保健室を出た。

次の目的は食糧の確保だ。屋台で美味しいものを食べようと期待してランチも抜いていたから、空腹の解消は急務だ。講堂で結界を維持している教師たちの体力が切れたら、魔物の進行を食い止めることも不可能になるだろう。

少女たちは廊下をさまよう魔物の群れのあいだをかいくぐり、食堂に向かった。普段使っているホールから厨房に入り、さらにその奥の食料庫に足を踏み入れる。フェリスは初めて見る光景に目を丸くした。

「ふわあああああ……プリンがいっぱいですううう……！」

大きな木箱にぎっしりと詰まったメギドプリン。きらきらと黄金に輝き、かぐわしい香りで少女たちを誘っている。ヴァルプルギスの夜に備え、魔法学校が特別に大量発注しておいたのだ。

「こ、これっ、持っていかないとダメですよねっ！　みんなメギドプリン食べたいですよねっ！　元気出ますよねっ！」

「フェリスが食べたいだけだよね？」

「え、えとっ、それもありますけどっ……あぅぅ……」

お腹をくーくー鳴らすフェリス。素直である。

「結構かさばるから、運ぶのは大変だと思うわ。こういうときはチョコレートとか、少しで元気が出るお菓子を持っていった方がいいんじゃないかしら」

「そ、そうですよね……プリンはいつでも食べれますよね……」

言いながら、フェリスはしきりにメギドプリンを見ている。うっすらと涙目になっているし、よだれは微《かす》かに垂れているし、よほど気になるらしい。

「仕方ないわね……ここでちょっと食べていくだけなら……」

「いいんですかっ⁉」

フェリスは目を輝かせて躍り上がる。

と、近くの教室から、爆発音と悲鳴が響き渡った。身をこわばらせる少女たち。プリンは食べたいが、人命はプリンより優先すべきもの。フェリスはプリン欲を振り払って食堂を飛び出す。

聞こえてくる絶叫と破壊音をたどって走ると、教室から瘴気《しょうき》が溢《あふ》れているのが見えた。室内は瘴気に満たされて闇色に淀《よど》み、床に倒れた生徒たちがもがいている。否、あれは瘴気の最奥に引きずり込まれそうになって足掻《あが》いているのだ。

「たいへんです！　助けないと！」

「うかつに近づいちゃ危ないですわ！」

「わたし、瘴気とか平気ですからっ！」

フェリスは無我夢中で教室に飛び込み、生徒たちを助けようとする。途端、生徒たちの姿が消えた。

「え……あれっ……？」

戸惑うフェリスの周囲で瘴気も消え、天井で物騒な音が軋《きし》む。眩《まばゆ》く輝く黄金の鳥籠が轟《ごう》音《おん》を響かせて墜落してくる。

ただの鳥籠ではない。あらゆる魔力と瘴気を遮断する、特殊な術式が組み込まれた『封印の檻《エッグ・サークル》』。あまりにも突然の襲撃に、フェリスの反応が遅れる。魔術で対抗する暇もなく、封印の檻《エッグ・サークル》から響く奇妙な音色に全身の力が抜け、黄金の鳥籠に呑み込まれそうになる。

「持ち堪えよ！」

一喝と共に、フェリスのかたわらへ黒い影が舞い降りた。影が両腕を広げるや、内部から漆黒のカマイタチが噴き出し、接触した空気を凝縮させて狂気の刃と変えることで、魔力ではなく純粋な力で鳥籠を切り裂く。金属の線一つ一つが剥がれ、ねじ曲がり、砕け散って黄金の霧と消える。

「魔女め、余計なことを！」

しわがれた罵声《ばせい》が天井から聞こえ、悪辣《あくらつ》な気配が去る。そして、フェリスを腕に抱くようにして立っているのは……レイン、黒雨の魔女だった。

「ふえ!?　レインさん!?」

驚くフェリス。

「フェリスを……助けてくれた……？」

テテルが目を見張る。

「まったく、探求者たちの罠《わな》にまんまとはめられおって……。ちいとは考えながら動かぬか。いかに強大な力を持とうと、力だけでは世は渡れぬ。かつてのわらわがそうだったようにな。世は欲深き魑魅魍魎《ちみもうりょう》が蠢《うごめ》く修羅なのじゃ。分かるか？」

「よくわかりませんけどごめんなさい……」

フェリスは縮こまって反省した。叱られているということは、自分がなにか悪いことをしたのだから謝らないといけないということだ。それは分かる。

レインはアリシアとジャネットに鋭い眼差しを向ける。

「そなたらも、そなたらじゃ。今のこやつはバカなのだから、しっかり見張っておかねばならぬじゃろう。力は得てして堕《お》ちやすいものなのじゃ」

「どうしてわたくしたち、黒雨の魔女に説教されているのですかしら……」

相手は人類を絶望のどん底に叩《たた》き落とした大厄災である。ジャネットの知る資料の中の黒雨の魔女とはいろいろと一致しない。

床に下ろされたフェリスが尋ねる。

「レインさん、どこにいたんですか⁉　なんでいなくなってたんですか⁉」

「教師共に疑われた状態で、あの場に留まっておっても埒《らち》が明かなかったのでな。ひとまずその場を離れておいたのじゃ。わらわに攻撃する人間は殺さねばならんが、フェリスの学校の人間を殺すわけにもいかん」

「優しいのか残酷なのか分かりませんわ」

「多分優しいよ！　うちのおばーちゃんも似たようなこと言うし！」

「老人と同じ扱いはやめよ」

「レインさんは、やさしーですっ！　いい人ですっ！　助けてくれて、ありがとございますっ！」

フェリスはぎゅーっとレインにしがみつく。レインはぎこちなく身をよじりながらも、振り払おうとはしない。透き通るような頬が、淡い桃色に染まっている。

「良い人ではない。ただ、そなたの敵ではないというだけじゃ」

それは単なる良い人よりも頼もしいのではないか、とアリシアは思う。人類の第二の敵と呼ばれた黒雨の魔女、敵にすれば恐ろしいが、味方にすればこれほど心強い相手もいない。

「今回のことは、わらわの責任でもある。探求者たちがフェリスを狙っていることは分かっておったのに、襲撃を防げなかったのじゃからな」

「もしかしてレインって、フェリスを守るため魔法学校に来てたの？」

テテルが訊くと、レインはぷいと顔を背ける。

「フェリスには世話になったからのう。借りは返さねばならぬ、他意はない」

「ジャネット、仲間ができたわね」

「どこがわたくしの仲間なんですの!?」

憤慨するジャネット。素直になれない仲間だという自覚はない。

レインが袖を軽く振ると、袖の中から瘴気《しょうき》が放たれ、濃霧となって教室の出入り口と窓を塞いだ。廊下を放浪する魔物たちは教室を見つけることも侵入することもできなくなる。とりあえずの安全を確保した後、レインが告げる。

「そなたらと別れてから、わらわは校内を行き巡って探求者たちの目的を調べておった。無闇に殺すわけでもなく、破壊するわけでもなく、どうも不審な点が多かったゆえな。そして……見つけたのじゃ、連中の真意を」

「な、なんですか……？」

フェリスは手の平を握り締めた。

「探求者たちは、この魔法学校を牧場にするつもりなのじゃ」

「ぼくじょう……？」

「うむ。魔術師の卵を大量に閉じ込め、脅威に晒《さら》すことで抵抗に魔術を使わせ、放出される魔力をかすめ取る。それが彼奴《きゃっ》らの目的じゃろう。実際、あちこちに魔力吸収の術式の片鱗《へんりん》を感じる」

「じゃあ、被害はそんなに出ないと思っていいのかしら……」

アリシアは頬に指を添えて考える。

「戦意を煽《あお》るための見せしめとして適宜殺すかもしれぬが、大多数は永劫《えいごう》に魔力を生み出し続ける家畜として、この魔法学校の中で飼われ続けるじゃろう。安心せよ」

「全然安心できないよ！　外も走り回りたいよ！」

「そうですわ！　生き地獄ですわ！」

悪夢の中をさまよい続けるのは、死にも等しい拷問だ。とりわけジャネットにとっては死活問題。今日一日で大量の異形を見すぎて、そろそろ正気を保てなくなってきそうな予感がある。早く平和なお花畑でピクニックでも楽しみたい。

レインは端正な顔をしかめる。

「魔力吸収の術式をたどって、探求者たちの居場所を突き止めようとしたのじゃが、できなかった。どうやら、かなり体も殺気も縮めて、校内の深部に身を潜めているらしい」

「ずっと、このままってことですか……？」

フェリスは肩をわななかせた。

「なに、そなたの『真実の瞳』の力なら、たどるのも容易なことじゃ。既に魔力の分析は済ませておる」

レインはフェリスの手を握った。

「今からそなたに、学校に乗り込んでいる術師の魔力のイメージを送る」

「え………」

戸惑っている暇もなく、レインの華奢《きゃしゃ》な手から鮮烈なイメージが流れ込んでくる。赤黒い血に彩られた、邪悪な瘴気《しょうき》。脳裏に響くのは、虐《しいた》げられた人々の阿鼻叫喚《あびきょうかん》。フェリスは酷《ひど》い寒気に襲われ、倒れそうになる。けれど目をそらすことは許されない。

レインはフェリスの目を真っ直ぐに見据える。

「……この魔力じゃ。覚えたか」

「……はい。分かりました」

フェリスはうなずくと、意識を集中させ、同じ波動の魔力を探す。ただ目で見るのではなく、耳で聴くのではなく、全身で感じる。この世界に横たわる気配を、滔々《とうとう》と流れる地脈を、遙か遠くにいる巨大な存在を通して見下ろす。

そして、見つけた。レインが言った通り、奇妙なほどに小さな生き物が学校の中に身を隠し、邪悪な魔力を漂わせているのを。

「向こうです!!」

「捕らえるぞ!」

フェリスは壁を指差した。レインは素早く黒猫の姿に変貌し、壁の穴に突っ込む。フェリスはレインの後を追って走り、壁に激突した。

「ふえええ……痛いですう……」

「さすがにフェリスでも、その狭さは無理があったわね」

「だいじょぶだと思ったんです……うう」

「痛いの痛いのとんでけー」

真っ赤になったフェリスの鼻を、アリシアが優しく撫《な》でる。ジャネットはフェリスが気の毒な気持ちと、でもそんなうっかりさんなフェリスが愛しい気持ちとの板挟みになって悶《もだ》えている。

「ふむ……その姿では動きづらいのう」

お水持って来よっか、くらいの気軽な調子で、テテルが壁に向かって拳を振り上げる。

「壁壊そっか？」

「やめておけ。あまり大きな音を立てると、術師に勘付かれる」

「全部壊しちゃうのが一番早いよー」

「ハバラスカさんは破壊神ですの……？」

単純に壁を叩《たた》き壊してストレス解消をしたいだけなのかもしれない。テテルも探求者たちに負けず劣らず不安要素だ。

「これでどうじゃ」

穴から戻ってきたレインが前肢を振った。黒い瘴気《しょうき》がフェリスにまといつく。瘴気は毛皮となり、体を染め上げ、瞬く間にフェリスの姿を銀色の子猫に変える。

「ふああ！　わたし、にゃーさんになっちゃいました！　にゃーさんですっ！　ほらほら、見てくださいっ！」

フェリスは跳ね回る。耳をぴんと立て、尻尾を振り回しての大喜びだ。

「あ……あ……」

元来、可愛いフェリスのことも可愛い猫のことも大好きなジャネットである。その二つが組み合わさったとき、発生する可愛さは無限大。

「もうムリですわあああああああっ！」

「ひゃあああああっ⁉」

思わずフェリスに飛びつくジャネット。が、そこで違和感。猫になったフェリスを抱き上げようとしたはずなのに、これは抱き上げたというより……のしかかったという感触。サイズがあまり変わらない。恐る恐る前肢を持ち上げて眺める。

「え⁉　え⁉　どうしてわたくしまで猫になってますのーっ⁉」

ジャネットは気位の高そうな赤毛の猫、アリシアは長毛の猫、テテルは白黒の小さな猫に変わってしまっている。

「おー！　あたしも猫だー！　すごーい！　体かるーい！」

テテルは人間時と大差ない機動性で壁から天井まで駆け巡る。アリシアはしげしげと辺りを眺める。

「なるほど、猫の目線ってこういう感じなのね。興味深いわ」

「アリシアはどうして冷静ですの⁉」

相変わらずジャネットにはライバルの思考が掴《つか》めない。そしてラインツリッヒの息女としてはいささか不本意ではあるが、猫好きとしては自分の姿を鏡に映してみたくて仕方ない。

「さあ、真実の女王よ、行くぞ！　ネズミ狩りじゃ！」

「はいーっ!!」

黒猫の号令を受け、四匹の猫は仲良く並んで壁の穴に突入した。

邪悪な術師の魔力をフェリスが追い、少女たちは壁の中を駆け回る。術師はなかなか尻尾を掴《つか》ませず、目まぐるしく居場所を変えていく。

人間の姿で潜り込んだときも魔法学校の『裏側』は広かったが、猫の姿だとさらに広大に感じる。表側ほどではないが、裏側も術師の魔術の影響に晒《さら》され、以前は無害だった魔導具が凶暴化して襲いかかってくる。その度にレインが瘴気《しょうき》で迎撃し、フェリスが魔法結界で守り、テテルが猫パンチで叩《たた》き飛ばす。

慣れないサイズの体を操っているということもあり、フェリスたちはすぐにバテてしまった。埃《ほこり》だらけの屋根裏部屋で、フェリス、アリシア、ジャネットの三匹は腹ばいになって伸びる。テテルだけは上機嫌で未《いま》だに跳び回っている。

普段から猫の姿で行動することが多いレインは、呆《あき》れたようにフェリスたちを見やった。

「やれやれ、情けない連中じゃのう。年か?」

「最年長者に言われたくありませんわ……そもそもあなた何歳ですの……」

息も絶え絶えのジャネット。

「乙女の年を尋ねるのは失礼じゃ。消されたいのか?」

「何歳なんですか？」

「二千十四歳じゃ」

「フェリスに聞かれたらあっさり答えるのね」

「理不尽ですわ……」

しかしジャネットもフェリスに聞かれたらラインツリッヒ家の機密でもなんでも話してしまいそうなのでお相子だ。意外とフェリスは尋問官の適性があるのかもしれない。

テテルが天井から飛び降りて、うーんと大きく伸びをした。

「このままじゃ、いくら追いかけても捕まんないねー。あたしが魔力を追いかけられたらいいんだけど、フェリスじゃないと無理だし」

「なんとか作戦を考えないといけないわね」

アリシアは尻尾をきちんと腰の下に収めて考え込む。猫になっても気品を失わないのはさすがの令嬢だ。フェリスが肉球のついた前肢を挙げる。

「えとえとっ、メギドプリンでおびき寄せるのはどうでしょうか？」

「それはフェリスが食べたいだけよね」

「えへへ……」

「お腹空いたのね」

「おなかすきました！」

切迫した状況に似合わぬ緩い空気に、周りも気が抜けてしまう。テテルは大あくびして眠りかけているし、フェリスもアリシアの前肢の中でうつらうつらしている。一見、猫のグループがのんびり日なたぼっこでもしているようにしか見えない。今こそラインツリッヒのリーダーシップを発揮せねばなるまいと、ジャネットは奮起した。

「呑気《のんき》なことを言っている場合じゃありませんわ！　敵が逃げるのなら、逃げ道を塞げばよろしいのですわ！　まずは壁の中に煙をたくさん流し込んであぶり出しましょう！」

「すごく煙たそう」

「私たちもあぶり出されそうね」

「自滅が目に見えておるのう」

「ぐぬぬ……だったら、どうすればよろしいんですの!?　あなたたちも意見をおっしゃってくださいまし！」

ジャネットが憤慨して尻尾を振り回していると。

「にゃー!!」

「きゃー!?」

ジャネットの尻尾に、フェリスが全力で飛びついた。

「ちょ、ちょっと、なにするんですの!?」

「あっ、すみません……目の前で動いてると、つい捕まえたくなって……」

「心まで猫になってはダメですわー！」

心配するジャネットの前で、アリシアがちょいちょいと尻尾を動かす。

「にゃおーん！」

ジャネットは我慢できずアリシアの尻尾に飛びつく。アリシアはオヒゲを揺らして笑った。

「人のことは言えないわね」

「う、うううううるさいですわ！」

「放っておくと、身も心も猫になってしまいそうで怖いわね」

「だったら誘惑しないでくださいましー！」

右に左に尻尾を振られ、ジャネットは釣られて駆け回る。反応するのをやめたいと思ってもやめられない。そしてちょっと楽しいのが困る。

「もー、ジャネットしっかりしなきゃ！　あたしはちゃんと人の心を保ってにゃー。にゃーにゃーにゃーにゃー」

「保てていませんわー!?」

「にゃー？」

「にゃー！」

テテルとフェリスが猫語で会話を始め、ジャネットはぞっとする。このままでは本当に危ない。術師を捕まえる前に友人たちが理性を失ってしまう。

そのとき、遙か高みの柱の上を、ネズミが走って行くのがフェリスの視界に映った。フェリスはよだれを垂らす。

「ネズミさん……おいしそうです……」

「そこまで猫になってしまったら本当にいけませんわー!」

「いや、魔力からして、あれが目指すべき敵じゃ! やるぞ!」

「ふにゃー!!」

フェリスたちはネズミを追って駆け出した。

歪《ゆが》んだ歯車が幾重にも並び、輝くキノコが所々に生えた空間。四つの眼を妖しく光らせたネズミが、壁の穴を潜り、梁《はり》を飛び移り、積み重なった机のあいだを走り抜けて逃げていく。

次々と魔導具が降り注いで襲いかかってくるが、少女たちは速度を緩めない。かばい合いながら疾走し、魔導具の足元をかいくぐって加速する。

ネズミが穴から校舎の屋根の上に飛び出した。五匹の猫——フェリス、レイン、アリシア、ジャネット、テテルが、ネズミを屋根の端へ追い詰めていく。互いを見ることもなく包囲陣を敷き、着実に距離を詰める。

「せーので、捕まえますわよ! せー」

「にゃー!!」

ジャネットの合図も虚しく、猫の本能に駆られたフェリスがネズミに飛びつく。爪を喰らってもんどりうつネズミ。

「そこじゃ！」

レインが体から黒い瘴気《しょうき》を溢《あふ》れさせ、ネズミに叩《たた》きつける。

「くっ……!!」

ネズミは屋根の上から身を翻すと、ローブの術師の姿に戻りながら、噴水広場に着地した。ダメージを負っているのか、立ち上がろうとしてうずくまる。

「今じゃ、フェリス！　魔法結界を作るぞ！」

「は、はいっ!!」

フェリスが言霊を唱え、広場の周りにダイヤモンドの外殻が形成されていく。レインが前肢を振るや、外殻から内側に鋭い棘《とげ》が突き出し、術師の体を縦横無尽に貫く。

「かっ……はっ……」

術師の萎《しな》びた口から、血が噴き出した。

屋根から飛び降りるレインが、黒猫から黒雨の魔女に戻った。レインは黒髪を幾千の蛇のように波打たせ、少女たちを反撃から守りながら、術師に迫っていく。闇の断罪者のごとき威圧感を漂わせ、敵の前に舞い降りる。

「もう逃げられぬぞ、『探求者たち』。いつまでも母親の幻想から抜け出せぬ、腐った赤子共めが」

「くく……くくく……」

「なにがおかしい」

「そうですね、もう逃げられません。これでチェックメイトです」

術師が歪《いびつ》な形の杖を振りかざし、高速詠唱を行う。すると、辺りの風景が姿を変え、魔法学校ともトレイユの街とも異なる都市が映し出された。まるで砦《とりで》のような物々しい街並みを、重装備の戦士が埋め尽くしている。

「これは……幻惑魔術、だよね……？」

「今さら幻惑魔術なんか使って、なんの意味があるんですの！」

テテルとジャネットは戸惑うが。

フェリスはぞくりとした。この場所には、見覚えがある。スフィアの影響で見た幻。二千年前の光景。かつて黒雨の魔女が……最愛の少女を殺された街。

戦士たちの幻影の中央には、二人の少女が倒れている。おびただしい血に染まり、ヨハンナを抱き締めて、人間だった頃の魔女が叫んでいる。

「だ、だめです！　この景色は……！」

フェリスが隣を見やると、レインが立ち尽くし、黒い涙を流していた。

「あぁ……あぁ……あぁぁぁぁ……」

細い喉から漏れるのは、慟哭《どうこく》。怨嗟《えんさ》に満ち満ちた呪詛《じゅそ》。

「黒雨の魔女よ、あなたは脆《もろ》すぎます。それはあなたが、いつまでもくだらぬ人間の娘の幻想から抜け出せないから……だから、あなたはいつも負けるのですよ」

術師の杖が、レインの胸を貫いた。

第三十三章『精錬界』

レイン——黒雨の魔女の胸に虚《うつ》ろな穴が穿《うが》たれ、闇が噴き出す。闇は激しく渦を巻き、万物を拒絶する嵐となって荒れ狂う。

「ひゃあああああっ!?」

「なんですのーっ!?」

フェリスたちは広場の外まで吹き飛ばされ、抱き締め合って闇の嵐に対抗する。魔女の力が解けたからか、四人の姿は猫から人に戻っている。

黒雨の魔女の瞳から、漆黒の雨が滴っていた。それは結晶となり、瞬く間にうずたかく積もって、彼女の体を凍りつかせていく。

涙を流したまま、氷像と化した黒雨の魔女。麗しくも悲壮な姿は微動だにしない。魔法学校の尖塔《せんとう》、その鐘が、葬送を告げ知らせるかのように打ち鳴らされる。

噴水広場に、一人、また一人と、生徒たちがやって来る。自らの意思ではなく、まるで黒雨の魔女の涙に吸い寄せられるようにして歩き、周囲にひざまずく。

「ど、どうしたの、みんな……？」

テテルは問いかけるが、生徒たちが応えることはない。寒くてたまらなさそうに己の体を抱きすくめてうずくまり、物言わぬ彫像となっていく。

黒雨の魔女の足元から伸びた樹の根が地面を這い、生徒たちを繋《つな》ぐ。生徒たちの体から吸い上げられた『なにか』が樹の根を通り、根の節々をなまなましく脈動させながら、魔女の氷像に運ばれていく。

「魔力を……吸収しているみたいね」

「たいへんですーっ!!」

「助けますわよ！」

少女たちは広場に突撃するが、見えない壁に弾き飛ばされる。テテルが全力で叩《たた》きつけた拳も跳ね返され、甲高《かんだか》い衝撃音が響く。

「魔法結界ですわ！」

「フェリス、どかーんってやっちゃって！」

「は、はいっ！」

フェリスは結界をぺちぺち叩くが、結界は壊れない。ガデル族の岩盤都市を守っていた結界とは強度が違う。そのあいだにも次から次へと生徒たちが広場に現れ、黒雨の魔女に繋がれていく。

『探求者たち』の術師が嗤《わら》った。

「あなたの巨大な魔力への対策も考えず、巣に乗り込むとでも思ったのですか？　この空間は既に閉じました。内側からでなくては破れませんよ」

「や、破れなくても破りますっ！　レインさんは、わたしのお友達なんですからっ！」

フェリスは両腕を掲げるや、大きな魔力の塊を生成し、結界に叩《たた》きつける。それでも結界は割れない。余計に壁が厚みを増していく。

「まだまだですっ！」

諦めないフェリスを、アリシアが止める。

「待って。フェリスが攻撃したとき、魔力がレインさんの方に吸われていくのが見えたわ。わざわざ結界の外に私たちを追い出したのって……そういうこと、なんでしょう？」

「ふえ……？」

「どういうこと？」

戸惑うフェリスとテテル。術師は渋い顔をする。

「幼いのに、妙に察しがよいのですね」

「やっぱり。人質を取って、フェリスに頑張らせて、もっと魔力を吸い取ろうってつもりなのね」

「そのことに気づいても、意味はありません。既に扉を開くための贄《にえ》は確保しました。不足かもしれませんが……ならば干からびるまで絞り取るだけのこと」

術師は節くれ立った杖を振り上げ、禍々《まがまが》しい言霊を唱え始める。

黒雨の魔女、そして彼女に繋《つな》がれた生徒たちの体が赤黒く明滅し、広場の上空に亀裂が走った。膨大な魔力が生徒たちの体から吸い取られ、黒雨の魔女を通して収束し、術式に注ぎ込まれる。

広場の上空に生まれた亀裂は、じわじわと増殖して、空間に穴を拡げていく。その向こうに見えるのは、地獄の底より深い虚無。漆黒に満ちているのに眩《まばゆ》く、ジャネットは正視するだけで身を焼かれるように感じる。だというのに、どうしても虚無から目を離せない。

「な、なにをするつもりなんですの……？」

辺りにみなぎる濃密な魔力、そして上空の亀裂から放たれる圧迫感は、尋常なものではない。しっかり握っているはずなのに杖がひとりでに振動し、広場の木々が幾本も弾け飛ぶ。少女たちは警戒する。

フェリスの肩の上に、炎の塊が出現した。小さく姿を変えてはいるが、見覚えのある外見。レヴィヤタンは術師に聞こえない小声でささやく。

「……これはまずい状況でございますな。このままでは、『扉』が開いてしまうやもしれません」

「『扉』って、なんですか？」

フェリスは首を傾げた。

「世界の真理に繋《つな》がる扉でございます」

「しんり……？」

「左様。森羅万象の法則、実存の理由と解答、生命がどこから来てどこへ向かうのか、究極の力、いと高き栄光の御座、そのすべてに手が届くところ——『真実の世界』です」

「真実の世界……」

つぶやくアリシア。文献には存在しないが、以前『探求者たち』の術師もその言葉を使っていた。恐らくは、フェリスに深い因縁のある世界。『探求者たち』が『真実の世界』と『真実の女王』を求めており、フェリスが『真実の女王』なのだとしたら、フェリスはその世界で女王だったのだろうか。こんな小さな子供が？　なぜ別の世界の人間がここにいるのだろうか。いや、そもそもフェリスは本当に人間なのだろうか。疑問がアリシアの頭の中を駆け巡る。

「えと……よくわかんないんですけど……」

目をぱちくりさせているフェリスに、レヴィヤタンは肩をすくめる。

「要するに、あの扉が開いてしまえば、人間共の皮相的でちっぽけな世界も大変なことになるということです」

「大変なことになるのは大変ですっ！」

フェリスは跳び上がった。

「どうやったら扉が開くのを止められるんですの？」

ジャネットが尋ねた。

「広場の空間が閉じている以上、通常の干渉は厳しいですな。まあ、女王様なら閉鎖空間ごと押し潰して魔法学校の生徒たちを皆殺しにすれば解決する問題ではありますが」

「なにも解決してないよ！」

「それはだめですよーっ！」

「申してみただけです」

「言うだけでも、めっですー!!」

「おお……女王様のお叱りを頂くのは久方ぶり……なんとも懐かしい」

レヴィヤタンは嬉しそうに身を揺すった。

「フェリスに叱ってほしくて言ってるよね？」

「ふふふ……」

「召喚獣っていったいなんなんですの……」

笑うレヴィヤタンに、怯《おび》えるジャネット。喜んでもらえるならもっと叱ってあげなければと思うフェリスだが、今はお説教をしている余裕はない。

「あ、あのっ、誰も怪我《けが》させないで止める方法って、ないんでしょうか？」

「ないことはありません。外から閉鎖空間を解除できないのなら、内側から黒雨の魔女に解除させればいいのです」

「でもレインさん、固まってしまっていますわよ？」

「解除してもらうのは難しそうね」

氷像になってから黒雨の魔女は一切動かず、意識があるのかさえ疑わしい。

「レインさーんっ！　開けてくださーいっ！」

「起きろーっ！」

フェリスとテテルが大声で呼びかけるが、魔女は反応しない。上空の亀裂から飛び散る稲妻、暴風と轟音《ごうおん》にも、まったく気づいている素振りがない。

「魔女の目を覚ますことができる者が、一人だけおります」

「誰ですか⁉」

フェリスの問いに、レヴィヤタンが答える。

「魔女が誰よりも愛した娘、ヨハンナです」

「ヨハンナさん⁉　ヨハンナさんが生きてるんですかっ⁉」

フェリスは驚いた。それは、かつて黒雨の魔女が狂う原因となった少女の名。魔女の力を欲した国々によってヨハンナは殺され、黒雨の魔女は復讐の修羅と化した……そう、フェリスは把握している。

「ヨハンナは死んでおりますな。それは確実です」

「じゃあ……」

「ただし、かの娘は未《いま》だ生まれ変わっておりません。記憶を保ったまま、こちら側とあちら側の狭間《はざま》に留まっているのです」

アリシアが眉を寄せる。

「煉獄《れんごく》にいる……ってことかしら？」

「人間たちの稚拙《ちせつ》な認識で言えば、そう考えてもよろしいでしょう」

レヴィヤタンの声色には、嘲笑の響きがある。召喚獣という高位の存在にとって、人間の疑問はくだらないものに思えるのかもしれない。

「どうしてヨハンナさんは煉獄にいるんですの？　恨みとか……怨念のせいですの？」

ジャネットは怖々訊いた。

「強い未練があるのです……かの娘には」

「未練って、レインのことだよね」

「左様。黒雨の魔女と、かの娘の結びつきはそれほどまでに強かった……ゆえに、かの娘は現世を振り切ることができないのです」

フェリスは胸が騒ぐのを感じる。レインはヨハンナと再会するのを諦めきっていたが、ひょっとしたら。二人をまた、結びつけることができるのかもしれない。悲劇をなかったことにはできなくとも、レインの心を救えるのかもしれない。

「どうやったら、ヨハンナさんを連れて来られるんですかっ⁉」

「女王様ならたやすいこと。ですが……そのためには一度、栄光の御座にお帰りいただく必要がございます」

「…………？　なんでもいいです、とにかくヨハンナさんに会いたいです！」

「では……、『私は戻る』と宣言してくだされればよろしいのです」

アリシアには、にやりとレヴィヤタンが笑ったように見えた。

奇妙な不安に駆られ、引き留めようとするが。

「待って、フェリス！」

「わたしは、もどる……？」

警戒心なくフェリスはつぶやいた。途端、その瞳が虚《うつ》ろになり、小さな体が倒れる。頭から地面に叩《たた》きつけられ、人形のごとく転がる。

「フェリス⁉　どしたの⁉」

「しっかり！　しっかりしてくださいまし！」

少女たちはフェリスを抱きかかえて呼ばわるが、返ってくる言葉はない。まるで魂が抜けてしまったかのように、その体からは熱も、鼓動すらも消えてしまっていた。

「あれ……？　ここは……？」

フェリスはぼんやりと辺りを見回した。

魔法学校の広場……ではない。それは美しい神殿のような場所だった。荘厳な柱が立ち並び、四方を星空が彩っている。透明な床にさざ波が立ち、その下もまた星空だった。星々の中に浮かんでいるかのような建造物だ。

恐ろしいまでに空気が澄み通り、呼吸するだけで魂が浄化されていく感覚。建造物の一番奥には、神々しい玉座がそびえ立っていた。あそこでお昼寝をしたら気持ちいいだろうだなんて、フェリスは漠然と考えてしまう。

レヴィヤタンがフェリスの前で、うやうやしくお辞儀をする。

「真実の宮殿でございます。お帰りなさいませ、女王様」

「ああ……また帰ってきてくださって、嬉しゅうございます……女王様……」

レヴィヤタンだけではなく、召喚獣のエウリュアレも、眼に涙をいっぱいに溜めてたたずんでいる。

「わたし……ここに……来たことがあるような、気がします……」

つぶやくフェリスに、エウリュアレがうなずく。

「はい、女王様はいらっしゃいました。ご友人が呪いで倒れたときに、その身を癒してさしあげるため。ここは真実の宮殿……女王様の、本当の家でございます」

「なんで、わたし忘れてたんでしょう……？」

「現世での小さな体、あの器では、高次の記憶や人格を維持できないのです。この場所は、人間たちなどには及びもつかぬ力に満ちた場所ですから」

「そ……なんですね……」

フェリスは夢心地で柱を振り仰ぐ。その頂はどこまでも遠く、果てを見渡すことができず、立ちくらみを覚える。全身が燃え盛るほどに熱く、激しい脈動に溢《あふ》れていて、心臓が荒立っている。

「女王様、今回は長く滞在してくださいますね？　なんでしたら、このままここに留まってくださっても……」

エウリュアレは床に膝を突くと、フェリスの手を握って見上げる。すがるような眼差しが、まつげの長い瞳から注がれる。フェリスは慌てて首を振った。

「だ、だめです！　急がなきゃいけないんです！　早くヨハンナさんを探しに行かないと、大変なことになるんです！」

「そうでございますか……」

しゅんとするエウリュアレ。妖艶な美女なのに、叱られて犬のようにしょげている。

「ごめんなさい……」

人をがっかりさせるのが苦手なフェリスもしゅんとする。

「女王様のご命令とあらば、致し方ありません。しもべは女王様に従うことこそが務め。狭間《はざま》の空間に至る扉へ、ご案内いたしましょう」

真実の宮殿の小径を、エウリュアレがフェリスを先導していく。その長いドレスの裾を地面につけもせず、わずかに宙に浮いて進んでいる。

二人が星空に足を踏み出すと、宮殿の床がひとりでに生まれて伸びていく。湖を思わせる水面に、クリスタルの薄板が点在する小径。美しい音楽が静かに流れ、遠い星々がささやいている。

トレイユの街とも、魔法学校とも、いや、地上のいかなる場所とも異なる奇妙な風景なのに、フェリスにはそこが無性に心地良く感じられた。そう、あたかも……ここが己にとっての家、真の居場所であるかのように。

やがて、小径の向こうに白銀の扉が見えてきた。扉には大きな錠前がつけられ、鎖でがんじがらめに縛られている。

エウリュアレは扉の前で立ち止まると、フェリスの方を振り返った。

「この扉の先が、現世と来世の狭間、精錬界でございます」

「鍵、閉まっちゃってますね……」

「無論でございます。死者の魂は現世から来世に向かうのが道理……彼らが真実の宮殿に押し寄せてきてしまっては、世界の秩序が乱れます。『森羅の鍵』がなければ、誰も理《ことわり》に逆らうことはできません」

「しんらのかぎ……？　その鍵は、どこにあるんですか？」

「女王様がお持ちです」

エウリュアレがフェリスの手を指し示す。そこには大きな鍵が握られていた。粒揃《つぶぞろ》いの宝石を埋め込まれ、燦然《さんぜん》と輝いている。

「ふえっ⁉　い、いつの間に⁉　なんで持ってるんですか⁉」

「貴女様が、主であらせられるからです」

「あるじ……？」

フェリスにはわけが分からない。思わず鍵を取り落としてしまうが、鍵は手から離れるやすぐに光の粒子となって消え、フェリスの手に再び出現する。

不思議なことばかりだけれど、今は気にしている余裕がない。魔法学校を救わなければならないのだ。フェリスは鍵を握り締め、扉に向かって足を踏み出す。

「……女王様。一つ、ご忠告を。たとえ主でございましても、世界の理《ことわり》を崩すことには限界があります。繰り返せば繰り返すほどに理は崩れ、いずれすべての消滅を招くでしょう。狭間《はざま》に生まれ真実に棲《す》む私どもは構いませんが、女王様の愛する人間たちは無事では済みません」

「……どゆことですか」

フェリスはどきりとして足を止めた。

「今回で魂を狭間から横取りしてしまえば、次はない。要するに、女王様のご友人たちが死んだときに、同じ方法で救うことはできなくなるということです。本当にそれでよろしいですか？」

「…………っ」

たじろぐフェリス。アリシアたちが死ぬなんて考えたくもないが、万が一の逃げ道がなくなるのは怖い。大好きな友人たちを喪《うしな》ったら、自分はどうすればいいのか。想像するだけで膝が震えてしまう。しかし。

「アリシアさんたちは、死なせないです。それに……今なんとかしてヨハンナさんを連れて行かないと、学校のみんなが死んじゃいますから」

「かしこまりました。では、鍵を扉へ」

「はい！」

フェリスは白銀の扉に、輝く鍵を差し入れる。蝶番《ちょうつがい》が重々しく軋《きし》り、星々のささやきが鳴りを潜める。漆黒の光を放ちながら、狭間への扉が開いた。

精錬界は、不定形の闇に満たされた虚《うつ》ろな空間だった。

フェリスがエウリュアレを伴って狭間の空間に足を踏み入れるとすぐに、背後で扉が閉じ、見えなくなってしまう。どこに地面があるのか、いや、そもそも地面が存在するのかどうかさえ分からない。

「わっ、ふわわっ⁉　落ちちゃいますーっ！」

慌てるフェリスを、エウリュアレがなだめた。

「ご心配は無用でございます、女王様。お望みなら飛ぶことだってできますし、貴女様が認識すれば大地すら現れるのですから」

「……にんしき？」

「地面があると、そう思ってくだされればよろしいのです」

「地面がある……地面がある……あっ、ホントです‼」

足が硬い感触に触れ、フェリスはひと心地つくのを感じた。といってもその感触はあやふやで、少し意識をそらすだけで消えてしまいそうだ。

「ヨハンナさんは、どこにいるんでしょう？」

「私ごときには分かりません」

「ふえ⁉　この真っ暗な中から探すんですか⁉」

かろうじて自分の体は見えるが、エウリュアレのシルエットさえ朧気《おぼろげ》で、とても捜索向きの環境ではない。月も星もなく、街灯もない。背後にヨハンナが立っていても気づかないかもしれない。

「女王様なら、逢いたいと願うだけで、そこに到達することがおできになるでしょう」

「そうなんですね……？」

「その娘の魂の色と質を思い浮かべ、耳をお澄ましくださいませ」

フェリスはヨハンナの姿を胸に思い描きながら、闇の中をてくてくと歩いた。ほとんど視界はないのに、なぜか心細いとは感じない。むしろ、自分の庭を散歩しているような、落ち着いた感覚だったが。

「あ、あの、ぎゅってされてると歩きにくいんですけど……」

フェリスはさっきから背中に抱きついているエウリュアレに、恐る恐る告げた。抱きついているというより、もはやおんぶの体勢である。

「申し訳ございません、女王様。さすがの私どもも、狭間《はざま》の空間を一人で移動するのは少々厳しいものがございまして。女王様とはぐれたら迷子になる危険性があるのです」

「お、おんぶじゃなくてもいいですよね？　手を繋《つな》ぐとかでも……」

「そんな！　しもべ風情が女王様と並んで歩くなんて許されません！」

「許されますようっ！　おんぶより簡単ですっ！」

フェリスは今まで誰かをおんぶしたことが一度もなかった。しかもエウリュアレの背丈はフェリスの何倍もある。難しいどころの身長差ではない。

「では……失礼いたしまして」

エウリュアレは抱きつくのをやめ、嬉しそうにフェリスの手を握ってくる。その表情は母親の手を求める幼子そっくりだが、身長差では逆である。フェリスが迷子になりそうなのか、エウリュアレが迷子になりそうなのか、疑問が生じる域だ。

精錬界を進んでいると、やがて二人の前方に淡い光が見えてきた。フェリスは目を凝らす。

「あれは……」

深い、深い、永劫《えいごう》の闇の中、光を帯びた少女がいる。一見、その光は弱々しく見えるが、決して揺らがず、確かな熱を秘めて燃え盛っている。少女は闇に包まれてもうずくまることなく、静かにたたずんで、フェリスのことを真っ直ぐに見据えていた。

物柔らかだが、芯の強そうな顔立ち。かつて黒雨の魔女の幻で亡びたはずの村娘が、災厄の魔女の愛した少女が、往年と変わらぬ服をまとっている。

「待っていたわ、女王様。あなたが来てくれるのを」

少女――ヨハンナは、穏やかに告げた。

「わたしのこと、知っているんですか？」

フェリスは尋ねる。

「知っているわ。わたしは『向こう側』への渦に呑み込まれないよう精錬界の辺境に隠れているけど、たまにこの辺境に迷い込んだり、探索に来る魂《ひと》がいるの。『探求者たち』の術師が死んでここに来たこともあって、その人から聞いたのよ」

「探求者たち⁉　今どこにいるんですか⁉」

つい先程まで戦っていた教団の話に、フェリスは身構える。

「百年ぐらい精錬界を探索してたみたいだったけど、ここからは真理への扉を開けないって分かったらしく、来世に賭けて『向こう側』に行ったわ。もし転生していたら、根性で前世の記憶を保って、また探求者になっているんじゃないかしら」

「そうなんですね……」

安堵《あんど》の息をつくフェリス。精錬界に来てまで探求者たちと鉢合わせになりたくはない。死んでも扉を探しているなんて、探求者たちの執着は筋金入りだ。

ヨハンナが微笑《ほほえ》んだ。

「ありがとう、女王様」

「え？」

フェリスはきょとんとした。

「わたしはここから現世のすべてが見えるわけじゃないけど、あの子――レインが闇に堕《お》ちたのは感じていた。わたしはあの子と深く繋《つな》がっているから」

「はい……それは、知ってます」

ヨハンナは胸元を握り締める。

「悲しくて、悲しくて、ずっと現世のレインに呼びかけていたわ。もう暴れないで、自分を傷つけないでって。でも、わたしの声もレインには届かなかった。闇が深すぎたのね。だけど最近、あの子の闇が消えたのを感じたの。あれって女王様が救ってくれたのよね」

「救ったわけじゃ、ないですけど……アクセサリー、返しただけです。レインさんとヨハンナさんの、お揃《そろ》いのペンダントを」

「なるほどね。あの子……そんなことで暴れてたのね。ホント……バカなんだから」

バカ、とつぶやくヨハンナの声には、甘い響きが滲《にじ》んでいる。呆《あき》れているような、だけどちょっと嬉しそうな、愛情のこもった音色。

「ヨハンナさんは、どうしてずっとここにいたんですか。一人で、長い長いあいだ……」

「探求者たちの術師の魂に、聞いたから。もしわたしが万に一つでも、記憶を保ったままレインのところに戻れる可能性があるとしたら……それは生まれ変わらず女王様に会うことだけだって」

「だから二千年も……真っ暗闇で待っていたんですか……？」

フェリスは目を見張った。

「ええ。レインのためなら、何万年だって、何億年だって、待つつもりだったわ。わたしを喪《うしな》って狂ったレインを、絶対に助けなきゃいけないって思ったから。二千年なんて、予想より早かったわね」

ヨハンナは朗らかに笑う。二千年の闇に侵されても今なお消えない光。それこそが、黒雨の魔女を惹きつけ虜にしたものなのだろう。

「そして女王様、あなたは来てくれた。さあ、わたしはレインのために、なにをしたらいいのかしら？」

二千年の愛を込めて、ヨハンナはささやいた。

「どうして、わたしがヨハンナさんにお願いに来たって分かるんですか？」

「言ったでしょ、わたしはレインと深く繋《つな》がってるって。最近はレインの闇が晴れていたけれど、さっきまたあの子の心の悲鳴が聞こえたの。あの子が大変なことになってるのよね？　そしてわたしの手伝いが要るから、女王様はやって来た」

フェリスはヨハンナの洞察力に驚嘆する。

「は、はい……そです……。二千年も生きてる人はすごいです……」

「二千年死んでるんだけどね」

ヨハンナは微笑する。

「それで、なにがあったの？」

「あ、あのっ、魔法学校が『探求者たち』に占領されててっ、レインさんがしくしくってなってカチンコチンになって、生徒のみんなの魔力がレインさんにちゅーちゅーされて、扉が開きそうになってるんです！」

　フェリスは舌足らずなりに一生懸命訴えた。もっと上手に説明したいのに、状況が自分でもいまいち分かっていないせいで思うようにいかない。けれど、ヨハンナは頼もしくうなずく。

「なるほど。だいたい分かったわ。要するに探求者たちがレインを闇に堕《お》として利用しているわけね」

「はい！　レインさんは結界に閉じ込められてるんですけど、外側から結界を壊すとみんな死んじゃうんです！　内側から結界を壊してほしくてっ、でもレインさんは寝ちゃってて、ヨハンナさんに起こしてもらえないかなって……」

「そういうことなら、任せて。ねぼすけレインを叩《たた》き起こすのは、わたしの得意技だから！」

　ヨハンナは腰に手を当てて胸を張った。ほーっと息をつくフェリス。このヨハンナという少女には、外見からは想像できないほどの包容力がある。なんでも任せておけば解決してくれそうな、少しアリシアに似た雰囲気だ。

　エウリュアレがフェリスに告げる。

「本来、精錬界と人間界の行き来は、単なる魂に許されぬこと。この娘を現世に戻すには、女王様の印を刻んで御使《みつか》いに造り替える必要があります」

「しるし……ですか？」

「真実の印です」

「わたし、書くものとか、持ってきてなくて……」

フェリスは焦ってポケットの中を探る。入っているのは、お化け屋敷のお客さんにもらったキャンディーや、道端で知らない人にもらったクッキーなど、お菓子ばかりだ。

「問題ございません。女王様の尊い指を、その娘の額に触れさせるだけでよろしいのです。……娘、ひざまずきなさい」

「ええ」

ヨハンナはフェリスの足元に膝を突いた。

「服従の誓いを」

エウリュアレが命じると、ヨハンナは胸に両手を組み、目をつむって唱える。

「真実なる女王よ、我らが慈母よ。わたし、ヨハンナ・ハミングバードは、あなたの栄光の御座に永遠の忠誠を誓います。この身、この魂は、星々の絶えるときまであなたのしもべに」

「……女王様」

「は、はいっ！」

エウリュアレの視線に応え、フェリスはヨハンナの額に人差し指を近づける。人差し指の先に小さな光が灯り、額に触れるや、そこから眩《まばゆ》い光が広がった。

ヨハンナの全身が輝き、精錬界の闇を照らす。その体が光の粒子となって溶け、風に吹き散らされるようにして消えていく。

「えっ……ヨハンナさんっ⁉」

瞬く間に、ヨハンナの姿は完全に消失していた。

「ど、どうしましょう⁉　ヨハンナさんが！　ヨハンナさんが！」

フェリスはびっくりしてエウリュアレの顔を見上げた。

その頃、魔法学校の広場では、急に倒れてしまったフェリスの体を守り、友人たちが『探求者たち』の術師と熾烈《しれつ》な戦いを繰り広げていた。

「その娘を渡しなさい！　そうすればあなた方の命も、私が有意義に使い尽くしてあげましょう！」

術師が闇の炎を放ち、少女たちを焼き払おうとする。

「どうせ殺されるなら、死ぬまで戦った方がいいよ！」

テテルがフェリスの体を抱えて逃げ回る。闇の炎は軌道を変え、勢いを増して膨張しながら襲いかかってくる。

「フェリスはぜ――――ったいに誰にも渡しませんわ‼」

「ええ！　特に探求者たちには！」

ジャネットが風魔術、アリシアが火魔術の言霊を唱える。戦闘訓練の授業でイライザ先生に教わった、得意属性の攻撃魔術による防御。魔法結界では対抗できない格上の術師に、アリシアとジャネットの魔術が抗う。炎の鞭《むち》が闇を焼き払い、暴風が闇を術師の方へ押し返していく。

「これだから授業はちゃんと聞いておかないといけないのよね」

「今日ばっかりはイライザ先生に感謝しますわ！」

だが二人の力では、やはりすべてを防ぐことはできない。防御をくぐり抜けた闇がアリシアの体に突き刺さり、侵食していく。それでもフェリスの体だけは損なってはならぬと、アリシアは自らを盾にして必死に言霊を唱え続ける。

こうしてフェリスが気を失ったのは、初めてではない。王都消失事件でも、スフィアで黒雨の魔女の記憶を覗《のぞ》いたときに意識をなくしていた。だから、必ずやフェリスの心は戻ってくるはずなのだ。そうでなければならないと、アリシアは自分に言い聞かせる。

「我らの高邁《こうまい》な理想も分からぬ俗人どもが、鬱陶しい！　もういい、まとめて消し飛ばして、魂の残滓《ざんし》から魔力を回収するだけのことです！」

術師が杖を振りかざし、複雑怪奇な言霊を詠唱する。聴く者の頭を揺さぶるような、おぞましくもなめらかな音色。

杖の先端に魔法陣が展開され、歪《ゆが》みながら拡大していく。魔法陣から巨大な闇が広がり、闇が触手となり、百の手足を蠢《うごめ》かす異形となって広場に溢《あふ》れ落ちてくる。

「タコだー！」

「化け物ですわー！」

「魔法生物イジラクドラ!!」

広場ごと呑み込まれそうになる少女たち。テテルはイジラクドラを蹴り飛ばそうとするが、逆に右足を掴《つか》まれ、容赦なしに振り回される。

「あーもー！　はーなーせーっ！」

壁にフェリスを叩《たた》きつけられそうになり、テテルは全身でフェリスをかばった。テテルの頭が壁に激突させられ、壁が陥没する。

テテルは半ば砕けた壁に噛《か》みついて己の体を固定すると、無我夢中で触手から足を引き剥がした。地面に飛び降り、急いでアリシアとジャネットに合流する。

「この戦いに勝ったら、焼きダコにして食べちゃうからねっ！」

「その前にこっちが食べられそうですわ！」

変幻自在な異形の巨躯《きょく》が、少女たちの周りを包囲していく。どろどろと潰れるように背丈を下げ、隘路《あいろ》すらも触手で埋め尽くす。退路を失った少女たちに、異形の口から紅蓮《ぐれん》の炎弾が唾液のように降り注ぐ。回避する場所はなく、新たな魔術を繰り出す暇もない。

反射的に、三人は抱き締め合って目を閉じた。もはや思考などなく、フェリスを守りたい一心で真ん中にかばい、死をも覚悟する。三人の服を焦がしながら、灼熱《しゃくねつ》の炎が迫る。

が、炎が少女たちを焼き尽くすことはなかった。突如、強靭《きょうじん》な魔法結界が少女たちの周囲に現れ、炎弾をことごとく跳ね返したのだ。魔法生物イジラクドラは、己の炎を喰らって抗議の鳴き声を上げ、少女たちから距離を置く。

魔法結界は、三人の腕のあいだに突き出したフェリスの手から生じていた。

「フェリス！」

「気がついたのね！」

フェリスは目をぱちくりさせる。

「どしたんですか？」

「それはこっちのセリフですわ！」

大きな安堵《あんど》を覚える友人たち。術師が舌打ちする。

「目を覚ましましたか……膨大な魔力を回収する好機だったというのに。しかし我々の前進を阻むことは、何者にも不可能なのですよ！」

術師の杖が振り上げられ、魔法生物が醜い体を揺らして咆哮《ほうこう》した。少女たちの鼓膜が激痛に苛《さいな》まれ、頭蓋が揺さぶられる。現世に戻ってきた途端、巨大な魔法生物に襲われている現場に出くわし、フェリスは跳び上がる。

「な、なんですか⁉　タコさん⁉　真っ黒なタコさんがいます！　あ、でもでもっ、足が八本じゃないです！　きゅう、じゅう、じゅういち、じゅうに、じゅうさん……」

「数えてる暇はないよーっ！」

テテルがフェリスを抱っこし、アリシアとジャネットがしんがりを引き受けて、触手の猛攻から逃げ出す。ジャネットの風魔術が触手をみじん切りにするが、新たな触手は次々に生えてくる。広場の石畳に突き刺さり、引き剥がし、フェリスたちを串刺しにしようと面で攻撃してくる。

「に、逃げちゃダメです！　レインさんを助けないと！」

「あの状態じゃ手が出せませんわ！」

「もうすぐヨハンナさんが来てくれるはずなんです！　ちゃんと向こうから呼びましたから！」

フェリスは自分の足で地面に立ち、両手を突き出して言霊を唱える。魔法陣から炎が吹き出し、魔法生物イジラクドラの触手を焼き払っていく。

術師が歪《いびつ》な杖を空に掲げ、詠唱と共に魔法生物の頭を突くと、その巨体に稲妻がほとばしった。紫の穢《けが》れた瘴気《しょうき》をまとい、全身を激しく波立たせながら、触手がフェリスたちに襲いかかってくる。炎をものともせず、ひたすらに突き進む。

フェリスは大急ぎで魔法結界を生成し、盾のように展開して数多《あまた》の触手を防いだ。が、触手は派手な火花を上げて回転し、魔法結界を削っていく。結界に亀裂が走るにつれ、触手がどくんどくんと脈打って大きく、たくましく膨張していく。

「この魔法生物……フェリスの結界の魔力を吸収してるわ！」

「ふえええええ⁉　ちゅーちゅーしないでくださーいっ‼」

魔法結界を展開していなければ刺されて死んでしまうが、展開していると魔力を吸われて触手が強化される……すなわち結界が破られるのは時間の問題。

「くはははは！　子供の浅知恵など所詮はその程度！　我々の目指す叡智の世界に、あなた方の居場所はないのです！　亡びるがいい！」

術師が高らかに笑い、魔法生物にさらなる強化魔術を仕掛けようとしたとき。

大空に、門が現れた。術師が開こうとしていた扉ではない。もっと神聖で、力に満ちた門。白い柱に召喚獣たちの紋様が描かれ、中央にはあの少女の名が刻まれている。

『ヨハンナ』

吐息のような、冷たく透き通った声が天蓋に響き——門が開いた。華々しい光が門から広がり、空を満たしていく。清浄な風が広場の瘴気《しょうき》を吹き飛ばし、真っ白な羽が舞い散る。

「な、なんだ……あの門は！　私はまだ開いていないぞ‼」

術師は愕然《がくぜん》として空を仰いだ。

圧倒的な光輝に包まれて、門の向こうから少女が現れる。白い衣、きらめく髪、純白の大きな翼。聖職者の杖のような装飾の施された大槍《おおやり》を握り締め、大空に屹立《きつりつ》している。見上げるだけで畏怖に駆られるような、神々しい姿だが。

「やっと！　やっと還ってきたわ！　久しぶり世界！　ただいま世界！　わたしの愛したレインの世界!!」

少女――ヨハンナは、胸元に手を組み、なんの飾り気もない歓喜の声を響かせた。

「あ、あれ……天使、よね……？」

「美しい……ですわ……」

アリシアとジャネットは目を見張って震えている。

召喚獣と同じく、お伽噺《とぎばなし》の中にしか登場しない異界の存在。ただし、召喚獣と違って天使の伝説に特徴的なのは、なぜかそれらが少女ばかりだということ、そして天界の意思に従って動いているということだ。

「ヨハンナさん！」

フェリスが呼ばわると、ヨハンナは顔を輝かせる。

「じょ――ううん、ご主人様！　ピンチ？　ピンチなのかしら？　わたしが手伝った方がいいかしら？」

「お願いします！」

「りょーかい！」

ヨハンナは槍《やり》を真下に構えるや、大きく翼を羽ばたかせ、急降下した。衝撃波が発生するほどの速度。フェリスたちを襲おうとしていた触手の群体に墜落し、槍を叩《たた》きつける。

ドオンと、大地を踊らす激震と共に、触手の群体が砕け散り、吹き飛んだ。魔法生物イジラクドラは絶叫を響かせて後じさる。触手の断面から醜い体液が溢《あふ》れ落ちている。

天使ヨハンナはフェリスのそばに舞い降りてひざまずいた。

「ありがとう、ご主人様！　回廊の途中でちょっと迷っちゃったけど、なんとかたどり着けたわ！　この体になれたのも、ここに戻ってこられたのも、全部ご主人様のおかげよ！」

「ご主人様……？　この子、フェリスの召使いなの？」

テテルが首を傾げる。

「召使いじゃないですっ、ヨハンナさんです！　ほらっ、黒雨の魔女さんが大好きだった人ですっ！」

フェリスは慌てて言った。

――天使が召使い……？　それって……。

アリシアは胸騒ぎがする。ずっと分からなかったフェリスの正体、その片鱗《へんりん》が覗《のぞ》いている気がした。深く考えたらすべてが崩れ落ちてしまうような、今の生活が否定されるような、激しい不安感。

ガデル族や召喚獣たちからフェリスは真実の女王と呼ばれている。探求者たちは別の世界に居るという女王を崇敬している。天使を従えるその女王とは、もしかしたら……。アリシアは考える。思考が呼吸を荒げていく。

アリシアだけではなく、『探求者たち』の術師も狼狽《ろうばい》している。

「な、なぜ……天使がここに!?　まさか……あのお方が見ていらっしゃるというのか!?　遙か高みから!?」

術師は扉を開くことも魔法生物イジラクドラを操ることも忘れ、大空を見上げている。まるでその向こうに、女王の瞳が存在しているとでも思っているかのように。術師の眼は期待に血走り、爪は杖に食い込んでいる。

「さーて、わたしのレインはどこ!?　ひっぱたいて正気に戻してあげないとね！」

ヨハンナは勢いよく立ち上がった。戦場をぐるりと見回し、結界の中心に屹立《きつりつ》する魔女の氷像に気づく。

「あらあら、まあまあ！　レインったら、ついに雨じゃなくて氷になっちゃったのね！　とっても綺麗だけど……やっぱりレインは動いている方が何万倍も綺麗だわ！」

ヨハンナは結界に突撃して槍を叩きつけた。結界はびくともしないが、代わりに衝撃波が散って辺りを吹き飛ばす。フェリスたちもついでに吹き飛ばされる。

「ふゃあああああっ!?」

「フェリス、あたしに掴《つか》まって！」

「とんでもない召使いですわ――――!!」

抱き締め合って体を支えるフェリスたち。だが、あまり支えられてはおらず、あちこちを擦りむきながら地面を転がる。

ヨハンナは空に舞い上がって結界を眺めた。

「なるほど……魔力を吸収するタイプの結界なのね。生きていた頃は魔力なんてまともに見えなかったけど、今は分かる……一度死んで結果オーライだったのかもしれないわ！」

「ものすごくポジティブな天使ですわね……」

「でも……だからこそ、あの子が黒雨の魔女に必要なのかもしれない……」

アリシアは考える。きっと、黒雨の魔女が憧れたのは、あの圧倒的な光なのだ。伝承における天使は光輝の権化だが、人間だった頃もヨハンナが眩《まばゆ》い光を放っていたのは、初めて会ったアリシアですら容易に想像できる。

そのヨハンナが、結界の外から氷像に――自らの闇と涙に凍りついた黒雨の魔女に――呼ばわる。

「レイン！　起きて！　起きなさい！　朝よ!!　おーきーてー！」

「そんなので起きたら苦労しませんわ！」

ジャネットは呆《あき》れるが。

ヨハンナの声に呼応するかのようにして、氷像にわずかな亀裂が走った。

「んん……なんじゃ……騒々しい……」

気だるげな魔女の声。

「起きた――!!」

「嘘ですわ!!」

「よっぽどヨハンナさんのことが好きなのね……」

驚く少女たちの前で、ヨハンナは結界にしがみついて怒鳴る。

「レイン！　あなたはなにをしているの!?　ここを開けなさい！　そして、わたしにあなたを抱き締めさせて！」

魔女の氷像が、目を見開いた。その体を覆っていた氷が、一瞬で砕け散る。

黒雨の魔女が両手を掲げるや、全身から闇が放たれ、内部から魔法結界を崩壊させる。禍々《まがまが》しく紅い魔力、漆黒の瘴気《しょうき》がおどろおどろしく蠢《うごめ》く中へ、ヨハンナはためらいもせず飛び込んでいく。

ヨハンナの光に触れるや、黒雨の魔女の瘴気は美しい蒼《あお》へと浄化されていく。熱い雨となって降り注ぎ、魔女のドレスを穏やかに濡《ぬ》らす。それはまさに、雨《レイン》。

「ヨハンナ……本当に……？」

黒雨の魔女は涙を流しながら、弱々しく尋ねた。ヨハンナはふわりと舞い降り、魔女を優しく胸に抱き寄せる。

「ただいま、レイン。わたしはちゃんと還ってきたわ──あなたのところへ」

ヨハンナの胸の中で、黒雨の魔女は小さな声を漏らす。

「どうして……ヨハンナがここに……？　すべては悪い夢だったというのか……？　ヨハンナが死んだのも、わらわが人間たちと戦ったのも、すべて泡沫《うたかた》の夢……？」

混乱しきっている魔女の頬を、ヨハンナが両手で挟み、真っ直ぐに目を見つめる。

「いいえ、すべては現実。わたしは死んで、あなたは狂った。隷属戦争が引き起こした悲劇は、なかったことにはできない。目をそらさないで、レイン」

「……っ」

黒雨の魔女は唇を噛《か》み締める。

「だけど、わたしは戻ってきた。それも現実。あなたとずっと一緒にいるために。二人で永遠の贖罪《しょくざい》を果たすために。女王様のおかげで、わたしは天使として蘇ったの」

「フェリスのおかげで……？」

「そう。残念だけど、のんびりおしゃべりしている時間はないわ。レイン、あなたが今やらなければいけないことは、なに？」

「わらわは……」

ヨハンナに促され、魔女は周囲を見回した。

魔法学校の生徒が大量に膝を突き、物言わぬ彫像と成り果てている。魔女の呪縛と結界が解けてもなお、生徒たちは解放されていない。

広場のヌシのように鎮座しているのは、魔法生物イジラクドラ。その上に『探求者たち』の術師が立ち、憎々しげにヨハンナと魔女を睨《にら》んでいる。

「あやつを潰さねば、終わらぬか」

「ええ」

うなずくヨハンナ。

「二千年の積もる話もある……さっさと片付けて茶にするぞ！　フェリス、もう一度わらわに力を貸してくれ！」

「はいっ!!」

女王と魔女と天使が、『探求者たち』への攻撃を開始する。ヨハンナが魔法生物イジラクドラの触手を叩《たた》き切り、レインが瘴気《しょうき》で溶解させ、フェリスが強靱《きょうじん》な結界で反撃を防ぐ。人の領域を超えた三つの力が、巨大な魔法生物さえも圧倒する。

「天使のはずがない……天使が我々に敵するわけがない……我々は女王様のしもべなのだから!!　あれは紛い物だ!!」

術師は逆上して幻惑魔術を行使する。周囲に映し出される、ヨハンナが惨殺されたときの光景。同じ場面を執拗《しつよう》に繰り返し、過去のヨハンナの悲鳴と血飛沫《ちしぶき》が迫ってくる。

「や、やめろ………」

それを見た黒雨の魔女は胸を掻《か》きむしって苦しみ始める。胸に穿《うが》たれた穴から瘴気《しょうき》が溢《あふ》れ、体が冷たく凍りついていく。

「しっかりして、レイン！　あれは幻よ！　わたしはあなたと一緒にいるわ！」

ヨハンナが抱き締めると、黒雨の魔女は我に返る。

「っ！　そうじゃ、そなたは戻ってきた……もはやわらわを苦しめることのできる者はおらぬ！　弄べる者はおらぬ！　わらわは黒雨の魔女！　大災厄の根源にして、人類の第二の敵である！」

魔女が目を見開くと、全身から瘴気が放たれ、周りの幻影を掻き消した。天使ヨハンナが黒雨の魔女を抱きかかえ、フェリスのかたわらに舞い降りる。

「行きましょう、レインさん！」

「ああ！　わらわのすべてを女王に委ねる！」

フェリスとレインは手の平を重ね、魔法生物イジラクドラに向かって突き出して、共に言霊を叫ぶ。

「闇よ、光よ、二つの力よ！　我らは断罪する、数多《あまた》の咎《とが》を！　我らは禁じる、冒涜《ぼうとく》の息吹を！　顕現せよ、ルーラーズ・パニッシュメント!!」

真実の女王と黒雨の魔女の、連携魔術《コープ》。それは本来、出逢うはずのなかった二人。膨大な魔力と瘴気が融合し、桁外れのエネルギーに世界が軋《きし》む。術師が開こうとしていた亀裂が歪《ゆが》み、女王と魔女の連携魔術《コープ》に呑み込まれる。

大地が激震し、天空が紅蓮《ぐれん》に染まる。二人の手から放たれた漆黒の光輝が、周囲の建物を押し潰して敵に襲いかかった。大音声を響き渡らせて弾け、万物を白に染めながら爆発し、刹那にして魔法生物の巨体を消し飛ばす。

自らも爆風に吹き飛ばされ、術師の悲鳴を遠くに聞きながら、黒雨の魔女は戦場を舞う。もう自由になる瘴気は残っていない。フェリスの異常な魔力に引きずり出され、今の大技に使い果たしてしまった。

「くくく……やはり真実の女王と連携魔術《コープ》など……やるものではないな……」

赤い空を堕《お》ちながら、黒雨の魔女は己を嘲笑《あざわら》う。飛ぶことすらできず、死の大地が迫ってくる。そんな魔女の体を、天使が抱き止めた。

「ヨハンナ………」

「お疲れ様、レイン。よく頑張ったわね」

天使ヨハンナは大きな翼を力強く掻いて、黒雨の魔女を地上へ運んでいく。魔女はぼんやりと目を瞬いた。

「これは……夢ではないのだよな？　そなたは……本物なのだよな……？」

「ええ、本物よ。わたしは帰ってきたの」

ヨハンナは優しく告げる。

「っ……っ……ふ、ふふ……」

黒雨の魔女の双眸《そうぼう》から、熱いものが溢《あふ》れる。その肩が、激しい痛みに堪えるかのように震える。

「わらわは、ずっと、ずっと、そなたを忘れられなかった。わらわは諦めが悪くて、悪すぎて……多くのことを間違えた」

「諦めの悪さなら、わたしも負けていないわ。こうしてあなたにまた逢うため、二千年ものあいだ狭間《はざま》をさまよっていたんだから」

「狭間……精錬界を、か……？」

「ええ」

「転生すれば、すべての苦しみを忘れて、新たな生を味わえたというのに……」

「忘れたくなかったから。レインのことを。放っておけなかったから。誰よりもおバカさんな、あなたのことを」

「逢いたかった……逢いたかった……もう、逢えないと思っていた……」

黒雨の魔女はヨハンナの胸に額を押しつけ、奥歯を噛《か》み締める。嬉しいはずなのに、離れていた永劫《えいごう》に近い時間よりも、痛い。魂が引き裂かれそうな痛みに、己を保てない。

「わたしは、必ず逢えると分かっていたわ。一万年かかっても、一億年かかっても。輪廻《りんね》の螺旋《らせん》にあなたが迷い込んでも、絶対に見つけ出すと、決めていたわ」

天使ヨハンナは黒雨の魔女を抱き寄せ、ささやく。

「扉の向こうは、そんなに悪いところでもなさそうだけれど……わたしはレインと一緒にいたい」

黒雨の魔女はヨハンナにしがみつき、幼子のように涙を流す。その涙が戦場に舞い散る様は、まるで春の雨のよう。二千年ぶりの邂逅《かいこう》を果たした白と黒の少女は、互いから片時も離れようとしない。

「良かったね……レイン」

「はい！」

それを地上から見守るテテルとフェリスは、ぎゅっと手を握り合っていた。

「ぐすっ……なにがなんだかまったく分かりませんけど、良かったですわー！」

「もう……ほら、ハンカチ」

号泣しているジャネットの涙を、アリシアが拭く。

辺りに術師の姿はなく、邪悪な気配も失せている。彫像と化していた生徒たちの体に血が巡り、再び動き始める。学校の外縁に生えていた奇妙な柱も消え、囚われの住民たちも解放される。

歓喜がさざ波のように広がる中、天使と魔女の影だけが、そっと月夜に浮かんでいた。

エピローグ

『探求者たち』の術師が消え去り、魔法学校の包囲が解けた後、教師と生徒たちは協力して残党の排除を行った。

せっかくのヴァルプルギスの夜を邪魔された生徒たちの憤慨が強かったせいだろう、実戦は初の者が多かったにもかかわらず、次々と魔物は倒されていった。ファーストクラスの幼い生徒たちが集団で魔物に襲いかかる姿は圧巻ですらあった。

祭りのために生徒たちの親――多くは我が子と同じく魔術師――や賓客の魔術師たちが訪れていたのも、事態の鎮圧がすみやかに進んだ一因だろう。

学校の外縁に吊《つ》るされていた人質が解放されたおかげで、トレイユの街に滞在していた大魔女たちも鎮圧作戦に参加することができた。山となった瓦礫《がれき》の片付けも、彼女たちの偉大な魔術をもってすればたやすい。

事件の後処理が一段落し、広場に集まった生徒たちに、校長が告げる。

「えー、みんなお疲れ様じゃったな。寮でしっかり休むがよい。ヴァルプルギスのことは残念じゃったが、また来年改めて――」

皆を帰そうとする校長に、テテルが抗議の声を上げる。

「校長せんせー！　今からでもいいから、もっかいお祭りやろーよ！」

「む？　校内もだいぶ荒れておるし、屋台の食材も喰い荒らされておる。今からやっても満足な祭りにはならんと思うぞ。なにより、皆の消耗が激しいじゃろう」

「あたしは全然疲れてないよ！　元気いっぱいだよ！」

「そりゃお主はそうじゃろうな」

肉体の限界がある一般人と、叡智の樹から力を供給されているナヴィラ族は違う。テテルは残党退治のあいだも学校中を駆け回っていたが、生徒たちの中には道端や保健室で休んでいる者もいた。

「だけど、このまま終わりじゃ、みんな悲しいよ！　だよね、みんな？」

テテルは広場の生徒たちを見回す。うなずくジャネット。

「そ、そうですわ！　まだまだフェリスと一緒に回りたいところがありますわ！」

「わたしもお祭りしたいですっ！　来年までなんて、待てないですっ！」

フェリスも同意する。校長は皺《しわ》の寄った目を瞬いた。

「ふむぅ……しかし、そう慌てんでも、来年なんてすぐじゃぞ？」

「あの……それは校長先生がお年だからでは……？」

「むぐ……」

アリシアの遠慮がちな――しかし結構冷徹な指摘に、校長は反論できない。最近やけに時間が矢のように過ぎ去ると感じていたが、自分は年老いたのか。心は今でも十代なのに、と切なさを覚える。今夜は酒が進みそうだ。

エリーゼ姫が援護する。

「わたくしも、このまま王都には帰りたくありません。資金や人手は責任を持って用意しますので、どうか祭りを続けてください」

「ほら！　エリーゼも言ってるよ！　続けないと校長せんせー死刑になっちゃうよ！」

「校長を脅すでない」

容赦のないテテルの追撃に校長は涙目である。全校生徒が口々に訴える。

「校長先生！」「お願い！」「先生なら分かってくれるって信じてる！」「お祭り終わったら真面目に勉強するから！」「プリンあげるから！」「うちの屋台なんて校長先生限定で食べ放題だよ！　これでどう⁉」

生徒たちは食い入るように校長を見つめている。皆、必死に懇願する表情。特にフェリスが泣きそうになってうるうると見上げているのが攻撃力が高い。

「も、もう、おしまい……なんですかぁ……？」

悪魔殺しのミルディンも、このおねだりには勝てない。

「むむむ……仕方あるまい。ただし、具合が悪くなった者は、無理せず帰らねばダメじゃからの？」

「やりましたわ、フェリス！」

「うれしーですー!!」

校長が折れると、生徒たちは手を取り合って大喜びした。


かくして、ヴァルプルギスの夜の再宴である。エリーゼ姫の号令と、賓客たちの協力あって、しばしの戦場が幻だったかのように数多くの屋台が校庭に並んだ。

フェリス、アリシア、ジャネット、テテル、エリーゼ姫、黒雨の魔女レイン、天使ヨハンナは、連れ立って通りを練り歩く。

「わー、わー！　すごいわ！　お店がいっぱい！　知らない食べ物がいっぱい！　二千年後の世界って、とっても素敵ね！」

ヨハンナは右手にマフィン、左手にサンドチキンを持ってはしゃぐ。大きな白い翼がばっさばっさと揺れている。

「フロストキャンディーってゆうのもおいしいですよー！　雲みたいにふわふわであまーくて、ほっぺたがとろけちゃうんですー！」

フェリスは友達に教えてもらったお菓子を得意気に紹介する。

「なにそれ!?　初めて聞いたわ！　食べてみたいわ！」

「お店はあっちですよー！」

「女王様についていくわ！」

フェリスに導かれて歩く天使ヨハンナを、レインが眉をひそめて眺める。

「のう……ヨハンナ。その羽はなんとかならんのか。いくらなんでも目立ちすぎじゃ。今の時代、天使というのはもはや伝説の存在なのじゃぞ」

「大丈夫よ！　他にもたくさん、変な格好をしている人はいるじゃない！」

ヨハンナは校庭を見回した。屋台の呼び込みで猫やらウサギやらの耳をつけている生徒は多く、外部からのお客さんたちも仮装していたりする。

「それはそうかもしれぬが……万が一、そなたの正体に気づかれて、研究者共に追われることになったら……軍部に付け狙われることになったら……」

レインは表情を曇らせる。自分が魔法学校に編入したときは好き放題に行動していたのに、ヨハンナに関しては慎重だ。

「もー、レインったら心配性ね。わたしなら平気だから、一緒に楽しみましょ？」

「う、うむ……」

ヨハンナに手を取られ、黒雨の魔女は頬を赤くして従う。恐怖の権化と語り継がれる存在が、あっけなく人の言うことを聞く姿に、ジャネットは目を丸くする。

「あれ……本当に黒雨の魔女ですの？　前に見たときとは別人ですわ」

「フェリスとジャネットみたいね」

「どういうことですの？」

「そういうことよ」

「そういうことじゃ分かりませんわ！」

「分からなくて大丈夫よ」

ムキになって身を乗り出すジャネットに、アリシアが笑う。かつて黒雨の魔女が狂ったのは、彼女が心の底からヨハンナを愛していたからなのだろう。善は悪にたやすく変わり、そのエネルギーが強いほどに吹き荒れる。

エリーゼ姫がつぶやく。

「魔女を味方に引き入れられたからよかったものの、一歩間違えていたらどれだけの災厄が起きていたか……すべてはフェリスのおかげですね」

「ふえ……？」

きょとんとするフェリス。自分がたいしたことをしたとは思えない。レインは最初から良い人だったし、フェリスを助けるため魔法学校に来てくれていたのだ。レインのおかげ、召喚獣のおかげ、天使ヨハンナのおかげで学校は救われたとフェリスは思う。

少女たちが食べ歩きをめいっぱい楽しんでいると、慌ただしい靴音がやって来た。鎧《よろい》の金属音が軋《きし》み、剣を抜く音が響く。少女たちの周りを、大勢の兵士が取り囲む。その武具に刻印されているのは、バステナ王国騎士団の紋章。

「………っ」

兵士たちの異様な気迫に、ヨハンナが青ざめた。

「なんじゃ……そなたらは」

レインはヨハンナを背中にかばって兵士たちを睨《にら》む。

部隊の指揮官が額に青筋を立てて叫ぶ。

「黒雨の魔女が現れたとの報告があった！　王都を混乱に陥れたおぞましき悪意の魔女め、我々が必ずや討ち滅ぼしてくれる!!」

騎士団が悪鬼の表情で包囲の輪を狭めてくる。その殺気たるや、魔法学校を占領していた『探求者たち』の術師に勝るとも劣らない。

「こやつら……何千年経《た》とうと、やはり人間は変わらぬか………」

黒雨の魔女は奥歯を噛《か》み締めた。胸に蘇るは、かつて欲深き人間の国々に狙われ追い詰められ、愛するヨハンナを殺されたときの絶望。黒雨の魔女の振り上げた両腕、その袖から、憤怒の瘴気《しょうき》がどろどろと溢《あふ》れ出してくる。

「ダメよ、レイン。もう繰り返しちゃダメ」

ヨハンナが黒雨の魔女の手を握り締めた。

「しかし……！」

「わたしなら、平気だから。もう、あの頃の弱い女の子じゃない。あなたの足を引っ張るだけの村娘じゃない」

「わらわは、足を引っ張られてなど……いつもわらわの心を救ってくれていたのは、そなたで……」

「大丈夫……大丈夫だから。わたしは一度死んで、あなたの役に立てるよう蘇ったの。二度は死なないわ」

天使ヨハンナが優しく言い聞かせると、黒雨の魔女の瘴気が落ち着いていく。それでも魔女の周囲で渦を巻き、激しい警戒に痙攣《けいれん》している。

エリーゼ姫が黒雨の魔女の前に歩み出て、騎士団に毅然と告げる。

「下がりなさい、あなたたち！　この魔女はもはや、わたくしたちの敵ではありません。天に赦され、慈悲の魔女となったのです」

「殿下、お離れください！　殿下はその魔女に洗脳されているのです！」

騎士たちは聴く耳を持たない。

「洗脳などされていません！　あなたたちには清らかな天使の姿が見えないのですか。天界の使者の加護を受けていることが、なによりの証拠でしょう！」

「殿下をお救いしろおおお！」「うおおおおお！」

数人の騎士が突撃し、エリーゼ姫をかっさらう。

「放しなさい！　放しなさいと言っているでしょう！」

エリーゼ姫はもがくが、鍛え上げられた騎士の膂力《りょりょく》に敵うはずもない。たちまち黒雨の魔女やフェリスたちのもとから引き離されてしまう。

「人質は奪還した！　魔女を捕らえるぞ！」

騎士たちは勢い込んでにじり寄ってくる。

「あたしの友達に手を出すなーっ！」

拳を固めて唸《うな》るテテル。

「ど、どうしますの!?」

たじろぐジャネット。

「え、えっと、どかーんってするしか!?」

両腕を掲げるフェリス。

「どかーんはやめなさい。隷属戦争よりひどい戦争が起きちゃうわ」

アリシアは肝を冷やしてフェリスを抱きすくめる。

これまでの状況を総合するに、フェリスの魔力は黒雨の魔女の比ではない。もし王国がフェリスを敵視し、追い回し、フェリスが世界の敵となったら……きっと、人類が絶滅するほどの災いが訪れることだろう。だが、どうしたらよいのか分からない。殺気立った騎士団に、話し合いは通用しない。

身を寄せ合う少女たちの上に、刃が振り上げられた。アリシアはささやく。

「私とジャネットで止めるわ」

「ちょ、ちょっと⁉　本気ですの⁉」

「仕方ないでしょう。黒雨の魔女が戦っても、フェリスが戦っても、大惨事になる。私たちなら被害は少ないし、最悪、グーデンベルト家とラインツリッヒ家の息女が乱心を起こしたぐらいで済むわ」

「それもかなり不名誉ですけれど……えーいっ、他に方法がありませんわー！」

ジャネットとアリシアが杖を構え、言霊を唱えようとしていると。

「き、貴様ら、なんだ⁉」「こっちに来るな！　うわあああ⁉」

フェリスたちを包囲している騎士団のところへ、魔法学校の生徒たちが押し寄せてきた。校庭から、いや、学校中から雪崩を打って詰め寄せ、騎士団のあいだに入り込み、フェリスや黒雨の魔女の前に立ちはだかる。

「その魔女さんは、いい魔女さんだよ！」「そうよそうよ！　私たちのこと、助けてくれたんだから！」「レインちゃんがいなけりゃ、みんな探求者たちに吸い尽くされてたんだ！」「騎士団なんかに渡すもんかー！」

「そ、そなたら……」

自分を守ろうとしている生徒たちに、黒雨の魔女は目を疑う。生徒たちは杖を構え、王国の正規軍と戦おうとしているのだ。それがなにを意味するのかくらい、分からない愚者たちではない。叛逆《はんぎゃく》とみなされても文句は言えない。

生徒たちのあいだから、校長——ミルディン・ウィルト卿が悠然と現れた。

「お引き取り願おうか、騎士団の方々。ここは王家より自治を任された、ウィルトの領分じゃ」

「ウィルト卿！　あなたまで魔女に洗脳されたのか!!」

「ふむ……たとえ老いても、このミルディンが幻惑魔術ごときに惑わされるなど……本気でそうお考えかな？」

校長が重々しく問いかけた。たたずまいは静かなはずなのに、そこに漂う威圧のオーラは凄まじい。一言でも誤れば消される、悲鳴を上げることさえ許されず蒸発する。そんな予感に騎士たちは戦慄する。悪魔殺しのミルディンの面目躍如である。

「くそっ……!!」

味方のいない騎士団は舌打ちして引き揚げていく。エリーゼ姫はそのまま連れ去られそうになり、自分を抱えている騎士の頬を平手打ちして逃げ出す。

魔法学校の生徒たちとフェリスたちは、大きな安堵《あんど》の息をついた。

「これは……どういう、ことじゃ……」

呆然《ぼうぜん》とする黒雨の魔女。こんなこと、今まで経験したことはなかった。いつだって人類は敵で、世界は黒雨の魔女を憎んでいた。大勢の人間が黒雨の魔女を受け入れ、自らの未来を危険に晒《さら》してまで助けようとするなんて、あり得なかった。

天使ヨハンナが魔女に寄り添って微笑《ほほえ》む。

「いつまでも人間が変わらないわけじゃない、ってことよ。……ううん、それはきっと、ここには女王様がいるから……」

「二千年前とはすべてが違う、のか……」

黒雨の魔女は辺りを見回してつぶやく。

騎士団から逃れたエリーゼ姫がフェリスに飛びつき、ジャネットは力が抜けてへなへなと座り込み、他の生徒たちが笑いながらそれを眺めている。魔法学校は光に満ちていた。もう少しで黒雨の魔女がまた、その光を壊そうとしてしまっていたのに。

黒雨の魔女は胸を押さえた。なにか熱くて不思議なものが、宿っている。人がその感情をなんと呼ぶのか、黒雨の魔女は未《いま》だ知らない。

「……フェリス」

「なんですかっ？」

フェリスが魔女に駆け寄ってくる。

「せっかくの大祭じゃ。我々も生徒たちを楽しませるため、出し物をやろうではないか」

「あう……うちのクラスのお化け屋敷、めちゃくちゃになっちゃいましたけど……」

まさに、めちゃくちゃに。窓も壁も破壊され、机は魔物たちに噛《か》み砕かれ、討伐するまで教室の中は魔物の巣窟と化していた。フェリスの魔力が染み込んでいたせいで、特に魔物のターゲットになってしまったらしい。

「だからこそ、じゃ。教室がやられても、空は永遠に変わらぬ。ゆくぞ、皆に最高の夢を見せてやろう」

黒雨の魔女はフェリスの手を引いて大空に舞い上がる。瘴気《しょうき》によって造り出された無数のお化けが、踊りながら天空を彩る。

天使ヨハンナが急旋回して飛翔し、見事な舞いを披露する。フェリスは幻惑魔術を唱え、夜空に華々しい花火が弾け飛ぶ。いつしか教師たちもホウキで浮上し、ホウキのダンスが始まる。

それは、フェリスにとって初めての、黒雨の魔女とヨハンナにとって二千年ぶりの、ヴァルプルギスの夜。誰も眠ることを知らない夜が、賑《にぎ》やかな音色と共に更けていった。

王都に帰ったエリーゼ姫は、冷めやらぬ興奮に目を輝かせて、宮殿の回廊を歩いていた。疲労困憊《こんぱい》した様子の宮廷騎士に、浮き浮きと話す。

「最高のお祭りでしたね、ヴァルプルギスの夜。フェリスたちとたくさん遊べて、幸せな時間でした。途中で少しハプニングはありましたけれど、それも素敵な思い出です」

「あれを素敵な思い出と呼ばないでください……。姫の命も私の未来もなくなったと思ったんですから……」

宮廷騎士の女性は身震いする。

「フェリスがいてくれる限り、魔法学校は世界一安全な場所です。彼女の素晴らしい力はあなたも見たでしょう？」

「ええ、まあ。天使なんて喚び出していましたし……彼女は、本当に人間ですか？」

声を潜める宮廷騎士。

「わたくしにも分かりません。ただ、フェリスのことはくれぐれも誰にも話さないように。魔法学校は探求者たちに襲われたものの、校長ミルディン・ウィルトが首尾良く撃退した……よいですね？」

エリーゼ姫は宮廷騎士の手を握って、にっこりと笑った。

「そして黒雨の魔女などいなかったと、そういうことですよね」

「さすがです。よく分かっているではありませんか」

「伊達《だて》に姫と始終過ごしているわけではないですから」

宮廷騎士はため息をつく。上司に巧く言い訳するのは厄介そうだが、この笑顔を向けられたら拒絶もできない。なんのかんのいって、憎めないお姫様なのだ。

「今度は是非、フェリスたちを王都のお祭りに招待したいですね。いえ、いっそのこと、もっと長期間の外出許可を頂いて、わたくしも魔法学校に編入してしまいましょう」

「無茶なことをおっしゃらないでください……」

「どうしてですか？　黒雨の魔女が編入できたのです、王族だって学校に通ってよいでしょう。他の皆さんはフェリスのそばにいられるのに、わたくしだけ仲間はずれというのはずるいです」

　エリーゼ姫は頬を膨らませる。

「ウィルト卿は気にしないかもしれませんが、宮殿のうるさ型が許しません。警備上の問題もありますし、まずもって王族の未婚の女性が庶民の中で暮らすなど……」

「でしたら、陛下に直訴《おねだり》します」

「ちょっと、姫!?」

　宮廷騎士は止めようとするが、エリーゼ姫はさっさと走り去る。王族のしがらみなんてものに、これ以上付き合ってはいられない。黒雨の魔女とヨハンナを見ていたら、大好きな人と一緒にいるのがどれほど大事なことか、痛感させられたのだ。

――陛下に交渉する前に、まずは味方を増やした方が確実ですね。

　エリーゼ姫は思案する。もし父親が反対した場合、口添えしてくれる人間。外堀を埋めておくのが政治的駆け引きに重要なのは、王宮に蠢《うごめ》く魑魅魍魎《ちみもうりょう》を観察して学んでいる。

　エリーゼ姫は幅広の階段を駆け上り、次兄の執務室に向かった。部屋の前には番兵が立っている。

「姫様……何度も申しますが、ここを通すわけには」

「お願いします。今日は風が強いですし、できれば外の壁は使いたくないのです」

「う……今回だけですからね？」

番兵は渋い表情で扉の前を退く。以前、入室を拒んだときにエリーゼ姫が外壁をよじ登って大騒ぎになったのを覚えているのだ。自分の責任で姫殿下が墜落死なんてことになれば、番兵は一族郎党縛り首にされてしまう。

エリーゼ姫は無人の執務室に入り、カーテンの裏に隠れた。小さな頃からこうやって家族を驚かすのが、エリーゼ姫の楽しみの一つだった。しかつめらしいお偉方だらけの宮殿では、とかく娯楽が少ないのだ。

──お兄様、びっくりしてくれるでしょうか。

エリーゼ姫がじっと身を潜めていると、ドアの開く音と、足音が聞こえた。だが、次兄だけではない。他に、初老の男らしき声もする。

あの声は……拡張論者の派閥を牛耳っている重鎮だ。ナヴィラ族とガデル族が争っていたときも、あの政治家がしきりに本軍を動かそうとしていたのを、病身のグスタフ卿が牽《けん》制《せい》していたと聞き及んでいる。

次兄と拡張論者はドアを閉め、しっかりと施錠もして、椅子に腰掛けた。物々しい空気に、エリーゼ姫はカーテンの裏から飛び出すこともできない。

「それで？　父君とグスタフ卿は押さえたか？」

次兄が問いかけ、拡張論者が答える。

「はい。どちらも身動きなりません。知恵の回るグスタフ卿はちと面倒でしたが、どうにか辺境の平定へ駆り出せましたし、帰ってきた頃には手遅れでしょう」

「よし。これで事を進められる」

次兄と拡張論者の密やかな笑い声に、エリーゼ姫は身を硬くする。なにか良くないことが起きているのが、言葉の端々から感じ取れた。この場にいるのが見つかったらただでは済まないと察し、自分の口を手の平で塞いで必死に息を殺す。

次兄が椅子から立ち上がり、窓際へ、エリーゼ姫の方へと歩み寄ってきた。もはやこれまでかと目を閉じるエリーゼ姫のすぐ近くで、次兄が言い放つ。

「半月の後、我らがバステナ王国は、プロクス王国と開戦する」


〈『十歳の最強魔導師 8』へつづく〉

ヒーロー文庫

十歳《じゅっさい》の最強《さいきょう》魔導師《まどうし》 7

天乃聖樹《あまのせいじゅ》

2020年1月10日　第1刷発行

発行者　前田起也

発行所　株式会社　主婦の友インフォス
〒101-0052 東京都千代田区神田小川町 3-3
電話／03-6273-7850（編集）

発売元　株式会社　主婦の友社
〒112-8675 東京都文京区関口 1-44-10
電話／03-5280-7551（販売）

印刷所　大日本印刷株式会社

©Seiju Amano 2019　Printed in Japan
ISBN 978-4-07-441260-0

■本書の内容に関するお問い合わせは、主婦の友インフォス ライトノベル事業部（電話 03-6273-7850）まで。■乱丁本、落丁本はおとりかえいたします。お買い求めの書店か、主婦の友社販売部（電話 03-5280-7551）にご連絡ください。■主婦の友インフォスが発行する書籍・ムックのご注文は、お近くの書店か主婦の友社コールセンター（電話 0120-916-892）まで。※お問い合わせ受付時間　月～金（祝日を除く）　9:30 ～ 17:30
主婦の友インフォスホームページ　http://www.st-infos.co.jp/
主婦の友社ホームページ　https://shufunotomo.co.jp/

Ⓡ〈日本複製権センター委託出版物〉
本書を無断で複写複製（電子化を含む）することは、著作権法上の例外を除き、禁じられています。本書をコピーされる場合は、事前に公益社団法人日本複製権センター（JRRC）の許諾を受けてください。また本書を代行業者等の第三者に依頼してスキャンやデジタル化することは、たとえ個人や家庭内での利用であっても一切認められておりません。
JRRC〈 https://jrrc.or.jp　e メール：jrrc_info@jrrc.or.jp　電話：03-3401-2382 〉